ハーレクイン文庫

愛の記念日

リン・グレアム

柿原日出子 訳

HARLEQUIN
BUNKO

THE GREEK TYCOON'S CONVENIENT MISTRESS

by Lynne Graham

Published by Harlequin Japan, a Division of K.K. HarperCollins Japan, 2019

愛の記念日

◆主要登場人物

ホープ・エヴァンズ……………デザイナー。
ヴァネッサ……………………ホープの友人。
ベン・キャンベル……………ヴァネッサの従兄弟。
アンドレアス・ニコライディス……投資家。
エリッサ・サウスウィック……アンドレアスの妹。

プロローグ

アンドレアス・ニコライディスは、愛車フェラーリ・マラネッロのハンドルを強く握りしめた。田舎道は凍りつき、車が横すべりしそうになる。

野原も林も真っ白な雪に覆われていた。ほかに車は走っていない。危険を回避するために外出は控えるようにと警察の呼びかけがあったこの日、アンドレアスは運転の腕試しを楽しんでいた。高級車をコレクションしていることで知られてはいても、自分で運転する機会はめったにない。どこを走っているのかよくわからなかったが、そんなことは気にならなかった。すぐにでも高速道路に乗って、あっというまにロンドンに戻れると思っていたのだ。

アンドレアスはいつも大きな期待をいだいて生きてきた。人生は驚くほど順調だった。煩わしく、不快なことは、現金で片をつけられる。そして金に困ったことはない。

ニコライディス家の富は海運業によって築かれたものだが、アンドレアスが十代のころには収益が上がらなくなっていた。それでも、彼が祖父の、そして父の跡を継ぐのを拒み、投資家になると言ったとき、保守的な親戚《しんせき》連中は肝をつぶした。しかし数年後、アンドレアスが成功への階段を駆けのぼるや、彼らの不安は称賛へと変わった。現在三十四歳のアンドレアスは、投資について政府から助言を求められることもしばしばだ。彼は一族の崇拝の的であるばかりか、信じられないほど裕福で、仕事の虫でもあった。

私生活面で言えば、これまで三カ月以上アンドレアスの興味を引いた女性はいない。今もさまざまな女性が、せめてその記録に達しようと奮闘している。アンドレアスの強力な欲望や感情は、冷徹なまでの知性に抑えられていた。それにひきかえ、今は亡き父はもう少しで四番目の妻を迎えるところだった。妻としてふさわしくない女性と恋に落ちるという父親の厄介な性癖は、アンドレアスをいらだたせた。反対にアンドレアスは、女性に対する冷たい仕打ちのせいで、メディアから冷酷だと批評されたことが一度ならずある。合理的で自制心に富んだ彼は、人生のパートナーとなるべき女性の条件を十項目挙げていたが、基準を満たす女性にはまだ会ったことがなかった。

ホープは灰色のレインコートの袖《そで》のなかで、かじかんだ手を握りしめ、感覚のなくなってきた足を踏みしめた。

道に迷ったのに、幹線道路に出る道をきこうにも人影はない。けれど、ホープは悲観主義者ではなかった。長年、狭い世界で生きてきたあいだに、否定的な見通しはなんの役にも立たないことを学んだ。物事のいい面を見るのが彼女のやり方だ。そのうち親切な人が車で現れると信じている。今日一日なんとか耐えてきた。失望と落胆の一日になってもかまわない。どうにもならないことを嘆き悲しんでも何も得られないのはわかっている。

それにしても、面接に来るようにと言われて意気揚々と出かけてきた今朝のことは、忘れようにも忘れられない。

今では、面接に希望を託した自分が愚かだったのだと思えた。これまで何カ月も仕事を探してきたというのに。仕事を見つけることがどんなに大変か、わかっていたはずなのに。残念ながら、雇用者が要求する基本的な条件となると、ホープの得点は低かった。何ひとつ資格を持っていないのだから。そのうえ、働いた経験もないので、推薦状を持参することさえ難しい。

二十八歳のホープは、十年以上も母親の看病をしてきた。記憶にあるかぎり、母親のスーザンはずっと病弱だった。やがて両親の結婚生活は破綻《はたん》し、父は家を出ていった。一年後には連絡もとだえた。十歳離れた兄のジョナサンはエンジニアで、海外で仕事をしているせいもあって、家にはたまにしか帰ってこない。

今ではジョナサンは結婚し、ニュージーランドで暮らしている。数カ月前に、亡くなった母の財産を整理するため久しぶりに帰ってきたが、ホープには他人のようにしか思えなかった。自分だけが遺産の受取人になっていることを知った兄は、喜びのあまり、彼が抱えている経済的な問題を率直に打ち明け、母親の小さな家を売ればなんとか息がつけるさと言った。ホープは兄に三人の幼い子供がいることを考え、母の遺産が役に立ってほっとする思いだった。就職の見通しに関してあまりにも無知だったので、これほど仕事や住まいを見つけるのが大変だとは思ってもみなかった。

雪に包まれた静寂を破るように、車のエンジン音が遠くから聞こえてきた。ほかの道路を走っている車かもしれないと思ったが、エンジン音はしだいに大きくなってくる。ホープは元気をとり戻し、ふっくらした唇に笑みを浮かべた。冬のパンジーを思わせる青い目を輝かせ、彼女は運転手から見える位置に移動した。

アンドレアスが道路に立っている女性に気づいたのは、カーブを曲がってからだった。女性を避けようととっさにハンドルを切る以外、なすすべはなかった。馬力のあるスポーツカーは横すべりし、一回転して、道路わきの雪を掘り起こしながら木に激突した。金属のはがれるような恐ろしい音が鳴りひびき、数メートル離れたところにいたホープは青ざめた顔で立ちつくした。運転席のドアが開いて、黒髪の長身の男性が転がり出てきた。

「どけ！」男性はホープに叫んだ。もれたガソリンの刺激臭がしている。「早く逃げろ！」

ショックを受けて呆然《ぼうぜん》としているホープの頭に、男性の言葉が浸透した。そのあいだに車は炎に包まれ、ホープはのろのろと動きだした。男性は彼女の腕をつかんで引っ張った。背後でガソリンタンクが炎上し、爆風でホープは飛ばされそうになった。力強い腕がホープを支えようとしたが、彼女が倒れてしまったので、男性がその上に覆いかぶさる格好になった。

ホープは息を切らして横たわっていた。男性の重みで肺が押しつぶされそうだ。必死で息をしようとしながらも、彼が命を救ってくれたのだと思い至った。褐色の顔を見上げると、べっ甲にも似た金色に近い茶色の目と目が合った。

ホープは倒れたときに服がひどく濡《ぬ》れたことに気づいていたが、どうしてこのすばらしい目に懐かしさを感じるのか、それを知るほうが大事な気がした。子供のころに行った動物園で、檻《おり》に入れられて怒っているライオンを見たことがある。見る者を拒むように褐色の目を光らせ、屈辱的な檻のなかを威厳たっぷりに歩きまわっている姿に、心優しいホープは胸を痛めた。

「怪我《けが》はないか？」訛《なまり》のある低い声に、ホープは爪先が縮むのを感じた。

ゆっくり彼女はうなずいた。すばらしい目を見つめていると、水のたまった溝に押しつけられていることなど、どうでもよくなった。全神経を集中させ、金色がかった茶色の瞳と黒いまつげをまじまじと見る。骨ばった男性的な顔は息をのむほど美しく、視線をそらすことができない。

アンドレアスのほうも、こんなに青い目は見たことがないと思った。明るい青緑色は生まれつきの色とは思えない。ハート形の顔を縁どっている、シルクのような輝きの淡いブロンドの髪も同様だ。

「いったい道のまんなかで何をしていたんだ？」

「起こしてもらえます？」ホープは申し訳なさそうにつぶやいた。

アンドレアスは、車を台なしにした女性の上に覆いかぶさったままなことに気づき、ひどく狼狽《ろうばい》した。声をひそめて悪態をつき、体を離す。珍しく集中力を失ったことにわれながら驚き、かすかに頬を赤らめた。アンドレアスは体をまっすぐに起こし、手をさしだして女性を助け起こした。とんでもない考えが頭に浮かぶ。彼女の肌はまるでホイップクリームのようになめらかでやわらかい。

「道のまんなかにはいなかったわ……ただ、私の姿が見えないといけないと思って……」

引っ張りあげられたホープは、自分の服の凍りつくような冷たさにたじろいだ。男性は信じられないほど背が高く、のけぞるようにして見上げなければならなかった。

「きみは狭い道のまんなかに立っていたんだ」アンドレアスはきっぱりと言った。「きみを避けるために、ハンドルを切るしかなかった」

ホープはいまだにくすぶっている車のほうを振り返った。火が消えても、黒焦げになった車はスクラップにするしかないだろう。とても高価なスポーツカーなのはわかる。事故の原因が自分だと非難されて、彼女は不安になった。

「車のこと、本当にごめんなさい」ホープはなんとか言い争いを避けようとした。強烈な個性を持った家族のなかで育ったせいで、仲裁役をつとめることには慣れている。

アンドレアスは特別仕様のフェラーリの残骸《ざんがい》を見つめた。今日乗ったのが二度目だった。いかにも尊大な態度で向き直ると、彼は鋭いまなざしでさっと女性を眺め、特徴を頭にたたきこんだ。着ているものはみすぼらしい。中肉中背の体つきは、彼の父親なら健康的だと言い、彼が知っている女性たちは太りすぎだと言うだろう。けれど、そんな結論を引きだす前に、アンドレアスは彼の下になっていたときの女性的な豊かな曲線を思い出し、またたくまに欲望に貫かれた。

「木を避けられなくて残念でしたね」ホープは気の毒に思ってつけ加えた。

「きみを避けることが最優先だった。おかげでぼくは死ぬかもしれなかったんだ」自分の運転の腕を暗に攻撃されたと思い、アンドレアスは冷ややかに言い返した。女性から視線を引きはがすと、驚くほど場違いな渇望感は、わきあがったときと同じくらいすばやく静まった。衝突のせいで一時的に理性を失い、欲望が想像力にいたずらをしたのだろう。こんなに魅力のない女性に会ったのは初めてだ。

「でも、幸い」勇敢にもホープはまだ彼を慰めようとした。「わたしたちには感謝すべきことがたくさんあって――」

「その理由を教えてくれ」アンドレアスはとげとげしく口をはさんだ。

「どういうことかしら?」ホープは驚いてまじまじと彼を見た。

「くそっ！　こんなときにぼくが何を感謝しなければいけないのか、説明してくれと言ってるんだ」あざけるような言い方だった。しだいに激しさを増す雪に、短い黒髪が覆われていく。「吹雪のなかで凍えそうだ。日も暮れかけている。お気に入りの車は携帯電話とともに跡形もなくなり、ぼくは見知らぬ人間と立ち往生しているというわけだ」

「でも、二人とも生きているわ。怪我もしていないし」ホープは食いしばった歯のあいだから声を絞りだした。相変わらず必死で男性を元気づけようとしていた。

　アンドレアスはうんざりした。「きみの携帯電話を使わせてくれ」

「すみません……持っていないんです」

「すると、近くに住んでいるんだな。家までどれくらいかかる？」アンドレアスはいらだたしげに一歩踏みだした。

「わたし、このあたりに住んでいるわけじゃないんです」ホープは沈んだ表情で答えた。

「今どこにいるのかもわからなくて」

　女性が信じられないほどばかばかしいことを告白したとでもいうように、アンドレアスは黒い眉をひそめて彼女を見下ろした。「どうして？」

「地元の人間じゃないから」ホープは震えを抑えようとしながら、なんとか説明した。

「仕事の面接を受けに来ただけで。現地までは車に乗せてもらったんだけど、帰りはひとりで歩いてきたの。標識のとおりに来たから、幹線道路からそんなに離れていないと思っていたのに、どこかで曲がるところを間違えたらしくて」

「どれくらい歩いたんだ？」

「二時間ほど。もう長いあいだ、一軒も家を見ていないわ。だから、あなたに通りすぎてほしくなかったの。だんだん不安になって……」

アンドレアスは女性がひどく震えているのに気づいた。コートからはしずくが垂れている。「どうして濡れたんだ？」

「あの溝に水が流れていたので」

彼女がびしょ濡れだとわかると、アンドレアスはとがめるような表情になった。「言わなきゃだめじゃないか。氷点下の気温では低体温症になりかねない。騒ぎはごめんだ」

「騒ぐつもりはないわ」ホープは急いで言った。

「少し戻ったところに納屋があった」

「本当に大丈夫。歩けば、すぐに温まるから」ホープはもごもごとつぶやいた。少しでも迷惑をかけたくなかった。

「その服を脱がないかぎり、体は温まらない」アンドレアスはホープの背中に腕をまわし、脚の長さではとうてい及ばない彼女がついていけないほど速く歩きだした。

ホープは寒さで顔がこわばり、知らない男性の前で服を脱ぐという考えに笑うこともできなかった。けれど、緊急の事態と見てとった彼の即座の反応がうれしかった。男性は大破した車や自分の不快な状態を嘆くのをやめ、ホープにとって必要なことを優先したのだ。すばやく問題の解決策を見つけ、実行に移している。

これが典型的な男性の反応なのだろうか？　ホープの父も兄も問題を解決して彼女を助けようとしてくれたことはなかった。実際、二人とも母親の長い闘病生活からそそくさと逃げだしてしまったくらいだ。ホープは、二人が問題に対処できるほど強くないのだという事実を受け入れなければならなかった。そもそも、彼女ひとりで問題に対処できたので、二人の弱さを責めてもどうしようもないと思うしかなかった。

「お名前をうかがってもいいですか？　わたしはホープ……ホープ・エヴァンズです」

「アンドレアスだ」彼は不機嫌そうに答え、ホープが農家の門をよじ登ろうとするのをいぶかしげに見守った。ぐらついている横棒からホープを抱えおろし、門の掛け金をはずす。

「まあ、ありがとう……」寒さで惨めな思いをしていたホープは、アンドレアスに楽々と抱えられて体が震えた。十歳を過ぎてから、誰かに抱えられた記憶がない。逆に、学校時代、肉づきのいい体格をからかわれたことはある。人気のある女の子は、みんなほっそりしていた。

雪で境目がわからなくなり、ホープは溝にはまった。アンドレアスが彼女を引き寄せた。

「足元に気をつけないと」

ホープは感覚がなくなり、どこに足を置いていいのかもわからなくなっていた。前方の天然石の建物がとても近くに見え、頑張って歩こうとしたとたん、また転んだ。アンドレアスはいらだたしげなうめき声をあげ、彼女を抱きあげると、最後の数メートルを歩きだした。

　ホープはいかにもばつが悪そうに言った。「お願い、下ろして……あなたが疲れてしまうわ。わたしは重いから……」

「大して重くはない。それに、転んだら骨折しかねない」

「面倒なことはごめんというわけね」薄暗い納屋の奥で、踏み固められた土の上に下ろされたホープは、小さな声でつぶやいた。気づいたときには、アンドレアスにコートを引きはがされていた。ジャケットも一緒に。「まあ！」ホープは驚いて一歩あとずさった。

「全部脱いだら、ぼくのコートを着ればいい」アンドレアスは広い肩から厚手ウールのコートを脱いで、彼女にさしだした。

　ホープは髪の生え際まで真っ赤になり、しぶしぶコートをつかんだものの、そこでためらった。とはいえ、実際的な彼女は、ずぶ濡れの服を脱がなければいけないというアンドレアスの主張をいつまでも疑ってはいなかった。

「今火をおこすから、きみは体を温めるんだ」そのあと、アンドレアスは彼女をここに残し、家と電話を探しに行くつもりだった。ひとりで動くほうが早そうだ。

　納屋のなかには壁に沿って大量の薪《まき》が積みあげられていた。ホープは彼から離れた壁際まで行き、突きだした薪にコートをかけると、かじかんだ手で服を脱ぎはじめた。濡れた体に布地が張りつき、ズボンを脱ぐのにひと苦労する。重いセーターも脱ぎにくい。がたがたと震えながら、濡れたブラジャーとショーツとアンクルブーツだけを身につけたまま、アンドレアスのコートに腕を通す。コートの裾《すそ》がくるぶしに達し、手は袖に隠れ、まるで子供が大人の服を着ているようだ。シルクの裏地にぞくっとしたが、厚手ウールのコートはとても温かかった。ボタンをはめ、アンドレアスの姿が見えるところまで引き返していく。

アンドレアスはすでに薪を用意し、点火用の小片を黙々と積みあげていた。物事を処理する速さと手際のよさに、ホープはあらためて感心した。彼は機転がきくし、大騒ぎをしない。いったん決めたことを思い悩んだり、必要に迫られてすべきことがあっても愚痴を言ったりしない。雪のなかで一緒に立ち往生する相手としては、まさにうってつけの人物を選んだというわけだ。

ホープはアンドレアスをまじまじと見た。流行のヘアスタイルにカットされた豊かな黒髪、いかにも高価そうなチャコールグレーのスーツに黒いシャツとシルクのネクタイ。都会に住む洗練された、やり手の管理職に見える。ふだんなら話しかけることさえおこがましく思える男性のようだ。

「ひとつ小さな問題がある……ぼくはたばこを吸わないんだ」

「それならお役に立てるわ」ホープは急いでバッグのなかを手探りし、安っぽいプラスチックのライターをとりだした。「わたしもたばこは吸わないけど、将来の雇主が吸うかもしれないし、喫煙反対だと思われたくなくて」

　ホープの面白い説明が終わるのを待って、アンドレアスは目を上げた。そのとき、彼女がこれまで会ったなかでもっとも魅力のない女性とはほど遠いことに気づいた。薄暗い部屋のなかで、肩のあたりまで垂れた淡いブロンドの髪が黒いコートの襟を背に輝いていた。頬には赤みがさし、目はきらきらと光っている。ほほ笑むと、顔全体が明るくなった。大きなコートにすっぽりと包まれ、驚くほど魅力的だ。

「はい」ホープがライターをさしだした。

「ありがとう《エフハリスト》」彼女に惹《ひ》かれたことをいぶかしく思いつつ、アンドレアスは礼を言った。長身でほっそりした黒髪の女性が好みなのに、彼女は金髪で背は高くない。

「どういたしまして《パラカロ》」ホープは弱々しくほほ笑んだ。爪先の感覚をとり戻そうと足を動かす。「ギリシアの方ですか?」

「そうだ」すきま風から木くずの炎を守りながら、アンドレアスは火を燃やした。彼女が魅力的に見えるのは、コートの下が裸同然だとわかっているからだ。もう一度彼女を見たいというばかげた衝動と闘う。どうしてまた彼女を見たいと思うんだ?

「ギリシアは大好き……一度しか行ったことがないけど、とてもきれいなところだったわ」相手が何も言わないので、ホープはつけ加えた。「火をおこすのに慣れてらっしゃるのね？」

「いや、そんなことはない」ひどくそっけない口調だ。「火をおこすのにロケット技師の知識は必要ないさ」

ホープは顔を赤らめた。「わたし、しゃべりすぎかしら」

彼女が察してくれてありがたい。だが目を上げたアンドレアスは、傷つきながらもじっと耐えている彼女の顔を見たとたん、まるで腹部を蹴《け》飛ばされたような気がした。自分はいつのまにこれほど無礼で無神経になっていたのだろう。

「いや、ぼくは無口なんだ。きみは一緒にいると楽しいよ」

ホープは驚いてにっこりし、女子高生のように真っ赤になった。「本当に？」

「ああ」アンドレアスはありきたりのお世辞に対する彼女の反応に面食らい、心を動かされた。

首尾よく薪に火がついた。ホープはあまりの寒さに震えている。薪がぱちぱちと音をたてて燃えはじめると、アンドレアスは勢いよく立ちあがり、ホープに近づいていった。

「コートの左ポケットに携帯用の酒が入っている」

ホープはポケットに手を入れ、言われたものをとりだした。

「凍える前に飲むといい」

「お酒には慣れてないので……飲めないわ」

アンドレアスは大声でうめくと、彼女の手から酒瓶をとって蓋《ふた》を開けた。「分別を働かすんだ」

ホープはひと口飲んだ。アルコールが炎のように喉を焦がす。たちまち彼女は咳《せ》きこんだ。

その様子を眺めながらアンドレアスは瓶の蓋を閉め、官能的な口元をおかしそうにゆがめた。「慣れてないと言ったのは、冗談じゃなかったんだな」

ホープは震える息を吸い、両腕でわが身を抱きしめた。「こんなに寒いのは初めて」

アンドレアスはホープの腕をほどかせ、力強い手でゆっくり彼女を引き寄せた。「ぼくを温かい毛布だと思えばいい」

困惑してホープは目をしばたたいた。「思えそうにないわ」

「やってみるんだ。薪の火が勢いよく燃えるまでには少し時間がかかる」

ホープは夏のエーゲ海を思わせる青緑色の目で彼を見上げた。「わかったわ……」

「カラーコンタクトをしているのか?」アンドレアスはきいておきながら、質問のばかばかしさに気づき、眉をひそめた。

「まさか。お化粧をする余裕もないのに」長身でがっしりした彼の体に引き寄せられると、ホープは神経質になり、思わず小さく身震いした。胸がどきどきして、息もできない。

「きみの肌はすばらしい……化粧をする必要なんかないさ」アンドレアスはかすれた声になり、体がこわばるのを感じた。コートに隔てられていても、女性らしい曲線のやわらかさを感じる妨げにはならない。男性的な反応を止めようにも、欲望は急速に高まりつつある。

ホープは骨が溶けてしまいそうになり、まともに考えられなくなった。顔を上げ、魅力的な濃い金色の目と目を合わせる。脚が麻痺《まひ》したように重くなり、体の奥が痛いほどこわばる。アンドレアスの顔が近づいてくる。何が起ころうとしているのか想像できても、本当に起こるとは思えなかった。

しかし、アンドレアスはすばやくホープの唇を奪った。一度のキスが彼女を圧倒した。キスはさらに深まり、唇のすきまから彼の舌が入ってくる。激しく甘い感覚の潮流になすすべもなく流され、ホープの全身はあっというまに燃えあがった。呼吸をするために腫《は》れた唇をなんとか引きはがし、大きく息を吸いこむ。

長いまつげに覆われた目で彼女を見下ろしたアンドレアスは、次の瞬間、はっと顔を上げ頬を上気させた。「なんてことだ《テオス・ムー》……こんなことをするつもりじゃ……」唇をまっすぐに引き結ぶ。「きみに触れるべきではなかった。すまない」

「結婚されているの?」ホープは恐れていたことを口にし、両手を引き抜いた。

「いや」

「婚約は？」ホープはもう寒くなかった。全身が恥ずかしさにほてっている。

「していない」

「じゃあ、謝る必要はないわ」ホープは小声で言った。感情を抑えようと、彼の視線を避ける。こんな気持ちになったのは初めてだ。無防備で、完全に混乱している。また彼に触れないよう、袖のなかで手を握りしめた。さまざまな考えや感情や感覚に圧倒され、後ろを向く。

初めて本当のキスをされたのに、彼は謝っている。キスにわくわくし、彼さえよければ、喜んでもう一度キスを受けると告白するのは、やぼったいことかしら。後ろめたさと恥ずかしさにホープの顔は燃えるように熱くなった。どうしてこんなに恥知らずなことを考えるの？　彼女は震える手で濡れた服を薪の上に広げた。

「きみを怒らせてしまった」

ホープはくるりと振り返った。赤らんだハート形の顔のなかで、青緑色の目が宝石のように光っている。「いいえ……怒ってなんか」

さまざまな感情にかられたが、怒ってはいなかった。自分の反応の強さに驚き、混乱し、興奮していたのだ。長いあいだ、ホープは興奮のない世界で暮らしてきた。アンドレアスに会ったのは心躍る体験だった。

「きみをここに残していくつもりだった」アンドレアスは自分の不可解な行動をなんとか

理解しようとし、自制心を失ったことにまだ驚いていた。

ホープはすっかり面食らった。「どうして？　どこへ行くつもりだったの？」

「家を見つけに行くつもりだったが、もう暗くなってしまった」

「それに、わたしがあなたのコートを着ているし。明るくなるまで待ったほうがいいわ」

ホープは冷たい空気をすばやく吸いこんだ。窓の外では風に飛ばされた雪が渦を巻いている。道路との境にあった生け垣はもう見えない。

暖をとろうと、ホープは焚《た》き火のそばに行ってしゃがんだ。

「面接の話を聞かせてもらってもいいかな」アンドレアスは、視線を合わせるのを避けている彼女の不安をとり除こうとした。「どんな仕事だ？」

「老婦人相手の住み込みの付き添いなんだけど、実際に面接はなかったの」ホープは沈んだ表情で打ち明けた。「わたしが行ったときには、親戚の人が来ていて、もう付き添いは必要ないって」

「面接が中止になった連絡はなかったのか？」アンドレアスは非難がましい口調になった。

「なぜ連絡してくれなかったのか対応してくれた女性にきいたら、広告を出したのはほかの人間だから自分には関係ないって」ホープは肩をすくめ、苦笑した。「人生なんてそんなものだわ」

「寛大すぎる」アンドレアスは言った。「どうしてその仕事をしたかったんだ？」

「ほかにできることがないから……少なくとも今のところは」ホープは住む家と、デザイン科で勉強するための準備期間が欲しかったのだ。「住む場所が必要だったから、ちょうどよかったの。あなたはどこへ行くところだったの？」

「ロンドンに戻ろうとしていた」

「どうしてわたしにキスを？」

唐突な質問に、どちらが驚いたのかわからなかった。ホープはそんなことをはっきりさせて自分が困惑することになるとは思ってもいなかったし、アンドレアスにしてもキスの動機について質問されたのは初めてだった。

濃い金色の目がじっとホープを見つめる。「どうしてだと思う？」

また顔が熱くなり、ホープはしっかり組んだ手を見つめた。「さあ、わたしにはさっぱり……ただきいてみたかっただけ」

「きみがとてもセクシーだから」

ホープは驚いて目を上げた。「本気なの？」

「ぼくにはわかる、その道の目利きなんでね」アンドレアスはためらうことなく言った。

ホープはふっくらした唇に笑みを浮かべた。アンドレアスの率直さが気に入った。彼は女性が好きなのだ。女性を好きになっていけない理由はない。彼のようにすばらしい男性の足元には女性が大挙してひれ伏すだろう。ホープは心の奥で痛みを感じたが、無視した。

それよりも、アンドレアスの言葉に興味をかきたてられた。まるで奇跡のようだが、彼はわたしのことをセクシーだと言った。自分は平凡で太りすぎだと思っていたのに。自分の体形は嫌いだし、細くなりたいと思うようになって何年もたつ。ダイエットや運動をしても、体重が増減するだけで、痩《や》せはしない。大好きな母も娘の魅力のない外見にため息をつき、旺盛《おうせい》な食欲を嘆いていた。

なのに、胸を締めつけられるほどハンサムなアンドレアスが彼女を魅力的だと思っている。セクシーだとさえ言ってくれた。そのうえ、ホープ自身が気づいていなかった魅力に負けてキスすることで自分の言葉を証明してみせた。若くてきれいな女性だと、一度だけでも思わせてくれたのだ。死ぬまで彼を愛しつづけるだろう。こんな言葉を聞くのを一生の半分とも思えるほど長いあいだ待ちつづけ、聞かずに死ぬのだろうと思っていたのだから。夢をかなえてくれたアンドレアスをホープはひたすら見つめた。

「どんなお仕事をなさっているの？」

「投資に関する仕事だ」

「一日中机の前で数字を見ているなんて、退屈でしょうね。でも、誰かがしないといけないことですものね」ホープは同情するように言った。

アンドレアスは仕事に夢中で、大成功をおさめてきた。女性たちの多くは彼の気を引こうと投資に興味のあるふりをするが、ホープにそんな気はないらしい。アンドレアスの褐色に引きしまった顔にすばらしい笑みが浮かんだ。

「チョコレートはいかが？」ホープは大きなバッグのなかをかきまわし、チョコレートバーをとりだした。そのときアンドレアスの笑顔を目にして、釘《くぎ》づけになった。彼のとてつもない魅力のとりこになってしまったらしい。

「ああ……溶けてしまわないうちにね」アンドレアスは笑い、火の近くにいるホープからチョコレートをとろうと身をかがめた。チョコレートを割り、うっとりと彼を見つめている目からふっくらした唇へと視線を移す。唇のすばらしい味を思い出し、彼女をもう一度抱きしめたいという強い欲望がこみあげてきた。アンドレアスは自分で食べるつもりだったチョコレートを彼女の口に入れた。

「まあ……」ホープは驚きの声をあげ、目を閉じて、冷たいチョコレートが舌の上で溶けていく感触をゆっくり味わった。

アンドレアスはホープの表情に見とれた。目を離すことができない。ベッドでもこんなふうに反応するのだろうか？　彼は激しい渇望感を抑えようとした。いつもなら礼儀正しく抑えられる欲望が、暴走列車のように突っ走っている。

ホープは目を開けた。「チョコレートのためならなんでもするわ……」

じっと見つめる金色の目と目が合うと、ホープの声はしだいに小さくなり、口のなかが乾いてきた。無意識のうちにホープはアンドレアスの渇望感を察知し、自分が何をしているかわからないまま身を乗りだして、もう一度彼の官能的な唇を求めた。飢えたようなうめき声とともにアンドレアスは膝をつき、彼女にキスをした。やがてホープの全身に血が駆けめぐり、頭がくらくらしてきた。

「毎日でもチョコレートを買ってあげるよ」アンドレアスがかすれた声で約束する。

「その……挑発するつもりで言ったんじゃないの」

「わかっている」むさぼるように彼女を見つめたまま、長い指で頬を包む。「きみの正直さはとても新鮮だ」

「みんなにはぶっきらぼうだと言われるわ」

「ぼくはそうは思わない」アンドレアスは両手をじっとさせておくことができなかった。

「きみが欲しくて、自分を抑えられない。こんなことは生まれて初めてだ」

最初のキスで、ホープは自分が自分でなくなった気がした。大胆で貪欲《どんよく》になり、クレオパトラのように魅力的な女性になった気分だ。人生は自分を素通りしてしまうと悲しんでいたこれまでの日々、生まじめな仮面の下に隠されていた夢やあこがれがついに解き放たれたのだ。アンドレアスはホープのあらゆる空想の化身だった。

「わたしも初めて」息も切れ切れに言う。

アンドレアスはコートのボタンをはずし、それからホープをすばらしいと思った自分に一瞬とまどった。どうしてこんなことになったのか謎《なぞ》だが、彼女をあきらめられそうにない。「二人とも頭がおかしくなったに違いない」

ホープはアンドレアスのジャケットの下襟をつかんだ。「しいっ……台なしにしないで」

アンドレアスはホープをコートの上に仰向けにすると、彼女の喉に唇を這《は》わせた。「やめたくなったら言ってくれ……」

ホープは途中でやめるつもりはなく、心地よい緊張感に体を震わせて横たわった。叫び声をあげそうになっていた不安を追い払い、心に戸を立てる。二十八年間、いい子で生きてきたのだ。今夜ひと晩くらい悪い子になってもかまわない。

アンドレアスはブラジャーのホックをはずし、焚き火の炎に輝くなめらかな胸のふくらみを見て、うめき声をあげた。「すばらしい」

自分がしていることへの思いと渇望感に熱くなりながらも、ホープはからかわれているのではないかと目を開けた。アンドレアスは、すでに硬くとがった胸の先端をいつくしむように指で触れている。ホープは体の奥深くが燃えあがるのを感じ、やみくもに体を動かした。またたくまにアンドレアスと彼のしていることが全世界の中心になった。

アンドレアスが胸の先端を口で愛撫《あいぶ》すると、体のうずきがさらに強くなり、ホープはじっとしていられなくなった。肌が耐えがたいほど敏感になったが、それ以上に体の中心部が切なくなるほど潤っているのがわかる。

「アンドレアス……」ホープがかすれた声で懇願すると、ついに彼女がもっとも望んでいるところに彼の手が触れた。

興奮が高まり、ホープはこれまで行ったことのない場所へ連れていかれた。彼に触れられているすばらしさと、体のなかに芽生えた激しい感覚だけがすべてだった。彼女はもだえ、アンドレアスを包むように抱きしめながら、彼の肌や髪の男性的な匂《にお》いに、そして固い筋肉質の感触に夢中になった。

「もう待てない……」アンドレアスは荒々しい声で白状した。これまでにないほど興奮が高まり、情熱が自制心を打ち砕く。

まぎれもない肉体的喜びにホープは絶頂へとかりたてられ、強烈な渇望感になすすべもなかった。アンドレアスの下に引き寄せられると、ホープは彼に動きを合わせた。うめき声とともにアンドレアスはなめらかで熱い彼女のなかに入ったが、そこで思わぬ抵抗にあった。

「バージンなのか?」心から驚いている声だ。

「やめないで……」ホープはひしと彼にしがみついた。

鋭い痛みをわずかに感じたあと、原始的なまでに速く激しいリズムがホープを圧倒した。耐えがたい興奮とともに絶頂に達し、快感に包まれる。そのあとは、今まで経験したこともないほど幸せな、浮き立つような気分になった。

驚きの目でホープを見つめていたアンドレアスは、やがて彼女を温かいコートで包み、腕に抱き寄せて額にキスをした。「きみはとても魅力的だ……でも、初めてだと先に言ってくれるべきだった」

「わたしの問題だから」ホープはアンドレアスの肩に顔をうずめ、自分のしたことに対するショックと闘った。

「だけど、今はぼくの問題だ」アンドレアスは指でホープの顎を持ちあげ、赤々と燃える薪の揺らめく光のなかで彼女の顔を見つめた。「近い将来、きみはロンドンに引っ越してくる。そして、ぼくはきみの恋人になる」

「どうして？」ホープはあえて尋ねた。喜びが全身を駆けめぐっている。

アンドレアスの官能的な口元に自信たっぷりの笑みが浮かんだ。「ぼくがそうしてほしいと頼み、きみは断ることができないから」

胸がボールのようにはずんだ。ホープはアンドレアスを見上げてほほ笑んだ。自然な温かみのある笑みは彼女の性格そのものだった。

1

ロンドンの人気カフェでホープは友人のヴァネッサを待っていた。

アンドレアスと劇的な出会いをしてから、はや二年がたとうとしている。記念日をどうやってお祝いしよう。雪に埋もれた納屋を捜しだそうか？　それはあまりいい考えではない。ホープは苦笑した。アンドレアスは不便な場所と寒さが嫌いだし、不快なことはなんだろうと我慢できないたちだ。

「遅くなってごめん」はっきりした魅力的な顔立ちに、赤い髪をした女性が向かいに座り、重そうなカメラバッグを下ろした。「ねえ、それ以上髪を伸ばしたら」うなじでまとめてあっても、もう少しでウエストまで届きそうなホープの淡いブロンドの髪を見ながら、ヴァネッサは言った。「ラプンツェルのおとぎばなしを夢見ているのかと思われるわよ」

ホープは目をしばたたいた。「なんのこと？」

「塔に閉じこめられた女性が、長い髪を梯子《はしご》代わりに使って助けてもらおうとした話よ。残念ながら、よじ登ってきたのはハンサムな王子さまじゃなくて、魔法使いだったんだけどね。気をつけなさい」

　ホープは笑い、ヴァネッサと一緒にコーヒーを注文した。友人の皮肉な人生観には慣れている。有名な芸術家を親に持つヴァネッサは、自由奔放で不安定な子供時代を過ごし、やがて才能ある写真家になった。けれど両親の浮気がもたらした心の傷は、いまだに癒《い》えていない。

「で、あなたのハンサムな王子さまはどうしているの？」ヴァネッサの口調は辛辣《しんらつ》だ。

　ホープは無頓着《むとんじゃく》に目を輝かせた。「アンドレアスは元気よ。すごく忙しいけど、でも海外に行っているときは何度も電話をくれるわ」

「携帯電話は、アンドレアスにとって手かせ足かせみたいなものね」ヴァネッサはからかった。「あなたが電源を切っていたりしたら、絶対に説明を求められるわよ」

「わたしがどこにいるか知りたいだけ。心配してくれているのよ」ホープは穏やかに言い返した。「わたしたち、あと十日で出会って二年になるの」

「すごい。彼にしては大変なものね。あなた、ゴシップ欄のトップを飾るわよ」ヴァネッサは皮肉たっぷりに言う。「もちろん、その前に、あなたの存在を世間に教えないといけないけど」

「アンドレアスはマスコミが嫌いだし、わたしもそうよ。秘密にしていることにもわたしは満足しているし」もしもアンドレアスと一緒に社交界や大勢の人の前に出れば、彼と過ごせるわずかな時間がつまらないものになってしまう。「二人の記念日を祝う特別な方法を、ちょうど考えていたところなの」

「アンドレアスは去年、何もしようとしなかったんでしょう?」

「丸一年たったなんて気づいていなかったんじゃないかしら。アンドレアスが何か言いだすのを待っていないで、わたしから言えばよかった」

「そのあと、彼のほうから話題にしたことはあったの?」

ホープは首を横に振った。

「じゃあ、ひとつ教えてあげる」ヴァネッサは年上のホープに忠告した。「アンドレアス・ニコライディスとの関係を続けたいなら、二度目の記念日を祝うのはやめるのね」

「どうして?」

「二年も一緒にいたって思い出させたら、かえって冷たい風が吹くことになるかもしれないわ」

「何が言いたいの?」ホープは不安にかられた。

ヴァネッサは口元を引きしめ、それからため息をついた。「アンドレアスのせいで、あなたは時間を無駄にしているんじゃないかしら。デザイン学校で最高の賞をとったとき、彼は姿を見せなかったでしょう」

「飛行機が遅れたからよ」

「そうなの？」そんな説明でヴァネッサは納得していなかった。「彼は自分に直接影響がないかぎり、あなたの人生にはまったく興味を持っていないと断言できるわ」

「アンドレアスは芸術家じゃないから……ファッションにも関心がないのよ。わたしのデザインするバッグに興味を持ってほしいとは思わないし」

「彼はあなたを家族や友人の誰かに紹介した？　あなたと出かけるとしたら、パパラッチに煩わされないで、一緒にいるところを誰にも見られない場所でしょう。彼はあなたを小さな箱に閉じこめて、自分は別の生活をしているのよ。どうして事実と向きあおうとしないの？　あなたは、あらゆる意味で彼の愛人なんだから」

「そんなことないわ！　アンドレアスはわたしを束縛していないし、わたしは彼から何も受けとっていないもの……。たしかにあのアパートメントには住んでいるけど、生活費は自分で払っているし、彼から高価な贈り物を受けとっているわけでもないわ」ホープは低い声でまくしたてた。

「でも、問題はあなたがどう思っているかじゃなくて、アンドレアスがどう考え、あなたをどう扱っているかよ」

「彼はわたしを気づかって……とても大事にしてくれているわ」声に緊張がにじむ。

ヴァネッサは心配そうに友人を見たが、ホープは慰められるどころか、自尊心を傷つけられただけだった。

「当然よ。あなたは彼に献身的で、彼はそれを利用しているんだもの。そもそも、アンドレアスはあなたとの関係に境界線を定めているのよ」

「そんな……決まりごとなんて何もないわ。わたしは彼の愛人じゃないし、これからも愛人になるつもりなんかないわ！」ホープは激しい口調になった。

「つまりアンドレアスは、それほどうまくあなたを操っているってことよ。レッテルを貼《は》る必要もないほどね。将来について話しあったことはあるの？　愛情や、結婚、子供について」

無遠慮な言葉に、ホープはたじろいだ。

「二人の関係をこれからどうするか、あなたにはきく権利があるんだから」ヴァネッサはそこで急に話題を変えた。

その後何を話したか、ホープはまったく記憶になかった。ただ、しきりと笑みを浮かべていたのは覚えている。アンドレアスとの関係についてぶしつけな言い方をされても怒っていない、と親友を安心させたかったのだ。けれど、心の平安は吹き飛び、苦痛を感じていた。ヴァネッサの言葉が繰り返し脳裏によみがえる。それが友人の単なる個人的な意見ではなく、まぎれもない事実だということに思い至り、打ちのめされた。

ほんの数時間前まで、ホープは自分の人生と、その人生の中心にアンドレアスがいることに満足していた。不満の種を植えつけたのはヴァネッサだ。でも友人を責めるつもりはない。ヴァネッサはアンドレアスとの関係の不安な一面を提示しただけ。これまで抑えてきた懸念や、あえて彼にきこうとはしなかった疑問が、まるでホープをあざ笑うように頭をもたげはじめた。

わたしがアンドレアスの故郷ギリシアへ行きたがっていることを知っていながら、彼は連れていってくれない。彼の妹エリッサがイギリス人と結婚してロンドンに住んでいるのに、会わせてくれようともしない。でも、いつか彼のほうから言いだすだろうとホープは自分を慰めてきた。そして、アンドレアスの家族や友人に会わなくても気にしないようにしていた。

二人の将来についてアンドレアスが言及したことがないのも事実だ。一カ月先までびっしりと予定が入ってはいても、それ以上先のことには触れようとしない。結婚や子供、愛情に関しても。彼が話題にしようとしないので、ホープもできるだけ避けている。

最上階の広いアパートメントに入ると、涙があふれそうになった。アンドレアスが結婚を言いださないからといって、わたしが彼の愛人だということにはならない。それともなるのかしら？　アンドレアスは生まれつき堅苦しくて慎重な性格なのだ。またひとつ疑念が頭をもたげる。どうしてわたし自身、彼と一緒に暮らしていると言えないの？　それは厳密には一緒に暮らしていないから。今もアンドレアスは街にもっと広い住居を所有しているし、ときおりそこで寝泊まりしている。ここよりずっとオフィスに近いので便利だからと。彼の親戚《しんせき》がロンドンへ来たときも、そこに滞在する。それなのにホープは足を踏み入れたことがない……。

突然、幸せな生活が土台から崩れていく気がした。二人の関係はすばらしく、大切にする価値があると信じてきたのに、ヴァネッサの率直な意見にホープは自尊心を傷つけられ、自信を根底からくつがえされた。つらい真実に向きあわず、目を閉じていることなどできるだろうか？　このアパートメントのように、アンドレアスにとって都合のいい存在のままでいいの？　ただベッドの相手として都合がいいだけなのかしら？

応接間の電話が鳴りひびいた。ホープは一瞬ためらってから、受話器をとった。

「三時間も携帯の電源を切っていただろう」アンドレアスの声だ。「どこにいたんだ？」

「ヴァネッサと会って……それから、その、買い物に行ったの。電源を入れるのを忘れていたわ」ホープは指を交差させて小さな嘘《うそ》をついた。

「明日の夜八時までには帰る。で、何か話をしてくれ」こういうちょっとした時間に、アンドレアスはひと息入れてコーヒーを飲み、ホープの日常生活を聞くことにしている。世界中どこにいても、受話器をとりあげれば、ホープの軽快なおしゃべりがストレスを発散させてくれる。ホープとは実にいい名前をつけられたものだ。彼女は他人の悪口を言ったりしない。赤の他人に頼みごとをされても、一生懸命応《こた》えようとする。そして、どんなことにも前向きにとり組む。

ホープはぼんやりしていた。「話って？」

「なんでもいい……ダイエット産業を勢いづけるために服がいかに縮むかとか、中毒になるチョコレートのこととか、いい天気だとか、雨の日も楽しいものだとか、アパートメントのロビーや通りや店で楽しい人に会ったとか」アンドレアスは次々に並べたてていった。「陽気なおしゃべりをとめどなく聞かされるのには慣れているから」

ホープは顔が熱くなった。彼はわたしを愚かなおしゃべり女だと思っているの？　わたしのどこがいいのだろう、といつも気になっているのはたしかだ。彼女はなんとかおしゃべりを続けたが、心ここにあらずだった。向かい側の壁にかかった現代風の鏡に、ぱっとしない自分の顔が映っている。アンドレアスのようにすてきな男性が、どうしてわたしみたいな女を好きになるの？　やめなさい、やめるのよ、と良識が叫んでいる。ホープは思いきって鏡から目をそらした。自信を喪失しても、キッチンに駆けこんで食べ物で慰めたりしてはいけないと自分に言い聞かせる。

スイスでは、アンドレアスが眉をひそめながら受話器を戻した。ホープは何を怒っているのだろう。彼女は気分屋ではない。とても穏やかな性格だ。気になることがあれば率直に話してくれる。そしてアンドレアスの助言に感謝する。今回にかぎって、何をひとりで悩んでいるんだ？

幸せなことに本人は気づいていないが、ホープは二十四時間ひそかに守られているのだ。

多くの大富豪と同様、アンドレアスはいろいろ脅迫にあってきた。ホープが標的にされることを恐れ、彼女を守るために警備員を雇っている。最初は本人に話すつもりだったが、ホープが怯《おび》えるかもしれないと不安になった。彼女は親切で、人を信じやすく、人の長所しか見ない。そんなところは変わってほしくないし、知らせないほうが彼女のためだ。一瞬、警備員に電話して、ホープがどこで誰と会っていたかきこうかとも思ったが、アンドレアスは彼女のプライバシーを尊重することにした。

ホープがおしゃれをするのは、いつもアンドレアスのためだった。衣装だんすをのぞきながら、頭のなかで服を三つに分けていく。一番目は、急激な減量後、つかの間の華やかな生活を楽しむために買った服。二番目は、減った体重がしだいに増えるにつれ、買わなければならなくなったさまざまなサイズの服。三番目は、伸縮性のある長持ちする服。どれも鮮やかな色ばかりだ。ドレスを引っ張りだしたときに体がふらつき、ホープはしばらくベッドの端に座りこんだ。ここ数週間、何度かめまいに襲われていた。なかなか治らなかった風邪の後遺症だろう。こんな漠然とした症状では、病院に行っても医師の時間を無駄にするだけだ。

一時間後にはアンドレアスが帰ってくると思うと、気持ちが浮き立ってきた。失望する結果になるというヴァネッサの言葉は、つとめて考えないようにする。彼女は友人を守りたい一心で親切心から忠告してくれたのだから。それに、何度か不幸な体験をしたヴァネッサが、男性に対して不信感をいだいていることも知っている。だいいち、彼女はアンドレアスに会ったことがないので、彼がどんなにすばらしい男性か知らないのだ。

アンドレアスはプライバシーを守るためにマスコミを避けていたが、それでかえって苦労しているようだ。よほどのことがないかぎり、ホープは怒りを爆発させたりしないけれど、それでもマスコミが古い写真を利用して、冷酷な女たらしとアンドレアスのことをしつこく記事にしているのには、本当に腹が立つ。ヴァネッサもそうした記事に影響されているのだろうか？

ホープは髪をブラッシングしながら、アンドレアスのことを考えた。強くて、寛大で、情熱的で、男性に望むすべての資質を持ちあわせている。不便な生活は嫌いなのに、ホープの好みに合わせてピクニックにつきあってくれる。観光など死ぬほど退屈だと思っているのに、歴史のある街が好きな彼女をパリやローマへ連れていってくれる。不安になったり、失望したり、助けが必要になったりしたときは、いつもそばにいてくれる。ホープは心からアンドレアスを愛していた。でも……。いいえ、そんなことは考えられない。ばかげた否定的な考えに幸せを台なしにされてなるものですか。

空港からアンドレアスが電話をかけてきた。

「今か今かとあなたの帰りを待っているのよ」ホープは慎重に答えた。

交通渋滞に引っかかると、彼はリムジンから電話してきた。

「もう待てないわ……」ホープはつのる思いを抑えられなかった。

「どんなにきみが恋しかったか、わかるかい？」最後にアパートメントのエレベーターからかけてきたときには、ついにアンドレアスは冷静さをかなぐり捨てていた。

そのころにはホープも期待で熱くなっていた。玄関のドアが開いて、アンドレアスの姿を見たとたん、すべての思考が吹き飛んだ。膝から力が抜け、体を支えようと壁にもたれる。アンドレアスのすべてにぞくぞくする。彼の頑固さ、しなやかで抑制された力強さ、気品のある引きしまった体、すべてがすばらしく男性的だ。照明が彼の黒い髪を輝かせ、褐色の顔にみごとな陰影を与えている。それにしても息をのむほどハンサムだ。彼が入ってくると、ホープの心臓は止まりそうになった。

アンドレアスはドアを蹴《け》って閉め、玄関ホールを横切って、ホープを腕に抱き寄せた。至福の瞬間に包まれ、ホープは彼の感触にわれを忘れた。高価なローションのかすかな香りとなじみのある彼の男性的な匂《にお》いが鼻をくすぐる。

「アンドレアス……」

「きみがぼくと来てくれたら、もっと一緒にいられるのに」濃い金色の目がうっとりとしたホープの目をとらえた。かすれた説得力のある声だ。アンドレアスは言うべき時を慎重に選んでいる。「考えてみてくれ。デザインの勉強はしばらくあとまわしにすればいいだろう」

　そして自立の道を失う。そんなことは論外だ。アンドレアスともっと会えるのは魅力的だし、申し訳ない気もするけれど。

「無理よ……」

　アンドレアスはホープの両手をつかみ、欲望に導かれるまま彼女を壁に押しつけた。ホープはこれ以上ないほどの激しさで彼の官能的な唇を迎えた。なくては生きていけないほど、彼はすばらしい味がする。下腹部が興奮にこわばり、体じゅうの神経が期待に燃えあがる。アンドレアスはホープの手を放すと、女性的な丸みのあるヒップを両手で支えて彼女を持ちあげた。

「ああ……」ホープはうめき声をもらした。陽光に照らされた蜂蜜《はちみつ》のように体が溶けていく。抑えようのない渇望感に下腹部が痛くなるほどだ。アンドレアスの大きくたくましい体にぴったり押しつけられていた彼女は、口を離して空気を吸いこんだ。そして、いつもの大事な習慣が頭に浮かんだ。「携帯電話……」息を切らしながら言う。

　アンドレアスの顔がこわばった。

「わたしか電話か、でしょう」いやいやながら彼に思い出させる。

　アンドレアスはジャケットから携帯電話をとりだし、電源を切って、そばに投げた。すぐさま飢えたようにホープの唇を奪い、体を離す。高い頬骨のあたりが赤くなっている。

「いったん冷静になろう。玄関ホールじゃ落ち着かない」

ホープは情熱に気が遠くなりながらも、ゆっくりうなずいた。

アンドレアスは彼女を壁から離し、寝室へ連れていった。「電話をあきらめたんだから、それだけのことをしてくれないと、かわいい人《ペティ・ムー》」

「まあ……」ホープはアンドレアスをじっと見つめた。彼の激しい情熱に、唇はピンクに色づき、脚はふらつきそうだった。彼の目に燃える官能的な挑戦の炎が鎖のようにホープを縛り、興奮の波が全身に押し寄せる。

アンドレアスは満足げにホープを見つめた。青緑色のドレスのファスナーを下ろして脱がせると、ピンク色のレースのブラジャーとショーツに包まれた豊満な体があらわになった。アンドレアスの口からかすれた声がもれた。「すばらしい……」

ホープの頬が紅潮し、胸のふくらみまで光り輝いた。アンドレアスは彼女を抱きあげ、ベッドに下ろした。引きしまった浅黒い彼の顔に魅力的な笑みが浮かぶと、ホープの心臓は生き物のように飛びはねた。

「じっとしていてくれ」アンドレアスの口調は切羽つまった感じがある。

「どこへも行かないわ」ホープはつぶやいた。スーツのジャケットを脱ぐ彼から視線をそらすことができない。

アンドレアスは実にすばらしい。しなやかで浅黒くハンサムな彼は、獲物を狙《ねら》う動物のように危険でセクシーな雰囲気を漂わせている。ホープの腹部がうずき、どうしようもないほど期待が高まる。だが心のどこかでは、下着姿でベッドに横たわっている恥ずかしさと闘っていた。進歩的な家庭で育ったわけではないので、アンドレアスが彼女の人生に入ってきたときには、ルールブックを焼き捨てなければならなかった。わたしはアンドレアスにとって意味のある存在なのだろうか？　それとも、彼は気まぐれでつきあっているだけなの？

「離れているときにわたしのことを考える？」思わず声に出していた。

アンドレアスはシャツの前をはだけ、引きしまった褐色の胸をあらわにしてベッドに来ると、声をあげて笑った。「セックスなしの二週間を過ごしたあとで？」低い声でからかうように言う。「今週は一分間に一回は考えた」

あまりにも味気ない答えに、ホープは苦痛と失望をおぼえた。「そういう意味じゃなくて」

アンドレアスは両手で彼女を引き寄せ、傲慢《ごうまん》なほど自信に満ちたまなざしをそそいだ。「ギリシア人に厄介な質問をするんじゃない」警告するように言う。「もちろん考えるとも」

なんのためらいもなくアンドレアスが唇を重ねると、ホープの不安は薄らいでいった。下腹部に火花が散り、苦しいほどの渇望感にさいなまれる。アンドレアスのいない二週間は、人生の半分にも感じられた。今の関係に疑問をいだきながらも、彼の情熱を拒むことはできない。全身が感じやすくなり、こわばっている。胸のふくらみを彼の手で巧みに愛《あい》撫《ぶ》され、ホープはうめき声をもらした。胸の頂がうずき、歯と舌が手にとって代わると、彼女は身もだえし、自制心をなくしていった。鼓動が速くなり、息がつまりそうになる。

どうすればホープが興奮するか、アンドレアスは心得ていた。熱く潤った秘密の場所を見つけると、耐えがたいほどの欲望の高みへとホープをかりたてた。激情が駆けめぐり、全身が今にも爆発しそうな火の玉になる。

「こんなきみを想像するのが好きだ」アンドレアスは満足げに言った。「ぼくの愛撫に狂わんばかりになるきみを想像するのが」

アンドレアスが力強く身を沈めると、ホープの全身は飛びはね、こわばった。激しい高まりを抑えたいという願いもむなしく、彼を求めてホープの欲望はいちだんと激しさを増すばかりだ。アンドレアスの情熱が、耐えがたいほど歓喜の絶頂へとホープを追いつめる。やがてホープはどんどん不安な状態へと転がり落ちていった。いつもの平和で幸せなけだるさとはまったく違う世界に。体は満足しているのに、心は寒々としている。気づいたときには、涙があふれていた。

アンドレアスは仰向けになった。ホープを上にしようとして、彼女の顔から髪をそっと押しのけたとき、指が濡《ぬ》れた頬に触れた。「どうしたんだ?」彼は驚いて尋ねた。

「なんでもないわ」ホープは大きくあえいだ。「どうして泣いているのか自分でもわからないなんて、ばかみたい」

アンドレアスはある予感をおぼえた。まわりの人間の心中を察するのが得意だった。ホープは彼の肩に顔をうずめている。アンドレアスは彼女の髪を撫《な》でた。口元を引きしめ、彼女に腕をまわす。辛抱強く接すれば、ホープは彼に理由を話すだろう。大事なことを黙っていられる性格ではないのだ。

「ごめんなさい……わたしたちの記念日のことを考えて、感傷的になったんだと思うわ」

金色の目を覆っていた黒いまつげがさっと上がった。「記念日だって？」

「一緒に暮らすようになって、あと二、三日で二年になるのよ、知らなかったの？」ホープは頭を上げた。キスで腫《は》れた唇に笑みを浮かべて。「お祝いをしたいの」

二年？　アンドレアスは目を細めたが、ハンサムな顔にはなんの表情も浮かべず、驚きをひた隠しにした。彼女はそんなに長くぼくの人生にかかわっていたのか。そのことに気づかなかった自分にぞっとする。二年だって？　結婚生活でもそれほど長くは続かない。いつのまに彼女は居座ってしまったのだろう。驚くほど巧妙にぼくの日常生活に入りこんでしまったとは。彼女はただ……そこにいた。しがみついたりしない代わりに、その存在は木にからみつく蔦《つた》を思わせる。あまり魅力的なたとえではないが。それにしても、ほかの女性と最後にベッドをともにしたのはいつだろう？　思い出せないくらい、ホープには誠実だったわけだ。彼女はまるで目に見えない敵のようにぼくの自由な領域に侵入し、ぼくを慣らしてしまった。そう思うと、敵の前にいるように彼はよそよそしくなった。

「ぼくは女性と記念日を祝ったりしない」暗く陰った目がダイヤモンドのきらめきを放っている。「感傷的なことは嫌いだ」

ホープは息ができなかった。彼の美しい唇に手を当て、それ以上しゃべるのをやめさせたい。ヴァネッサが予想したとおりのことを聞くのは耐えられない。だからといって、重い沈黙をそのままにしておくこともできない。

「でも、こんなにも長いあいだあなたがわたしの人生の一部だったなんて、わたしにとっては特別なことなのよ」

アンドレアスは筋肉の盛りあがった褐色の肩をすくめ、ホープを下ろした。「ぼくたちは一緒に楽しい時間を過ごしているし、ぼくはきみを尊重している。でも記念日を祝うのはそぐわない。ぼくたちはそういう関係じゃない」

ホープは、急行列車が近づいてくるときに線路に縛りつけられているような感じにとらわれた。アンドレアスの言葉は列車の轟音《ごうおん》のようにホープの夢を砕き、幻想を切り裂く。アンドレアスはしなやかな動きでベッドから下りると、バスルームへと向かった。ホープはショックを受け、打ちのめされたままベッドに横たわっていた。ホープの目の前で、彼は愛する人から冷ややかな目と耳ざわりな声の持ち主に変わり、そして彼女を押しのけていった。ホープは起きあがり、すぐそばにある椅子の上の青いローブをとろうとした。けれど頭がふらふらし、またベッドに座りこんだ。おそらく平衡感覚がおかしくなる耳の病気かもしれない。

〝きみを尊重している〟って、いったいどういう意味なの？　わたしの価値を知っているということ？　便利だから？　彼は感傷的なことは嫌いだ。もっとはっきり言えば、わたしの気持ちを傷つけようが傷つけまいが、彼は気にしていない。これで、わたしがささやかなお祝いをとりやめたと確信しただろう。唇を噛《か》み、不安に胸を締めつけられそうになりながら、ホープはローブのひもを結んだ。けれど、彼女の無邪気な言葉に対する彼の屈辱的とも言える反応を思い出すと、苦痛のなかからゆっくりと怒りがわきあがってきた。

怒りと落胆に身をこわばらせ、アンドレアスはシャワーの下で石灰石の壁にもたれていた。いつもなら、今ごろはまだホープとベッドにいたはずだ。不意をつかれ、無神経なことをしてしまった。彼は何かを殴りつけたかった。二人の気楽な関係は、思いどおりにうまくいっている。これまでホープは一度も無理な要求をしたことがないし、ぼくを幸せにする以外に大きな野心も持っていないようだ。ホープはみごとなまでにぼくを幸せにしてくれた。彼女を失いたくない。だが、自分のことを愛人《テオス・ムー》だと思っていない彼女をどうすればいいんだ？　まるで妻のように記念日を祝いたがるとは。まったく……。いったい何があったんだ？

おそらくホープの意地の悪い友人ヴァネッサのせいかもしれない。アンドレアスは怒りをつのらせた。彼女がホープの心の安らぎを壊したのか？　ほかに誰がいる？　男性に対するヴァネッサの辛辣な意見を何度かホープから聞かされたことがあった。彼女なら、ぼくを生きたまま熱した油のなかに投げこむこともいとわないだろう。

ホープと自分の関係が誤解され、過小評価されていると思うと、腹が立つ。ホープの扱い方については、人に自慢できるものだと思っている。それくらい気を配っているのだから。彼女はとても幸せな女性だ。というのも、ぼくがいやな現実を寄せつけないようにしているからだ。彼女の夢もかなえてやった。本人はまったく気づいていないけれど、一年半前に有名な芸術大学のデザイン科に入れたのは、ぼくのおかげだ。その後、卒業したホープはハンドバッグを作りはじめた。もっとも、まともな女性なら決して買いたいとは思わないたぐいのバッグだが。熟れたトマトのようなバッグを思い出すだけで、ぞっとする。とはいえ、大事なのはホープが満足して楽しそうにしていることだ……少なくともエデンの園に蛇が侵入してくるまでは、彼女は楽しそうだった。

アンドレアスがタオルで体を拭《ふ》いていると、ホープがバスルームに入ってきた。彼女は大きく息を吸い、勇敢にも青い目で彼を見据えた。

「記念日をお祝いできないなら、何ができるの？」

アンドレアスは動きを止めた。黒髪は濡れ、たくましい胸からはしずくが垂れている。

二度目の攻撃も予想していないものだった。アンドレアスは黒い眉をひそめた。「どういう意味だ」

　ホープは喉をふさぐ塊に気づいた。塊はしだいに大きくなり、目から涙があふれそうになる。「わたしがきいているのは、つまり……わたしたちはこれでいいの？」

「わかるように言ってくれ」オフィスで部下を飛びあがらせるような冷ややかな口調だった。だが、濃い金色の目は親密な光を放っている。本気で信じているわけではなかったが、一瞬アンドレアスは、ホープに脅し文句を投げつけられるのかと思った。

「あなた、いつか言ったでしょう。何ひとつ同じ状態でとどまるものはない、すべてのものは進歩しなければいけないって」ホープの口ぶりは自信がなさそうだ。「変化しないものは枯れて死んでしまうって。でもこの二年間、わたしたちはまったく変わっていないわ」

　アンドレアスはすばやく心に誓った。これからは、目的のはっきりしたものや自分にとって健全な変化をもたらすもののために、賢者の言葉を心に書きとめておこうと。

　ホープの言葉はすべて本心から出たものだ。あらかじめ計画したり、効果を考えて言ったりしたものではない。ホープはとても動揺していた。アンドレアスの冷ややかさが気になり、二人のあいだで何が起こっているのか必死で理解しようとした。愛している男性と自分がどこに立っているのか、はっきり知りたい。

「わたしたちのことはどうなるの？」ホープは声を落とし、執拗《しつよう》に問いかけた。「わたしたちはどこかへ向かおうとしているの？」

これほどホープが攻撃してくるとは、アンドレアスには信じられなかった。鋭く息を吸うと、両手を伸ばした。肉づきのいい小柄な体を引き寄せ、激しくホープの唇を求める。

「ベッドに行く？」顔を上げ、飢えたようにささやく。

まるで彼にひっぱたかれたかのように、ホープの青白い顔が赤らんだ。実際、ひっぱたかれたも同然だった。こんなにも簡単に気持ちが変わると思われていることが恥ずかしくなる。「それが答えなの？　わたしはあなたの人生の一部だと思いたいのよ。単にベッドの相手じゃなくて」

金色の目をいらだたしげに光らせ、アンドレアスは強調するように両手を広げた。「きみはぼくの人生の一部じゃないか！」

「それが本当なら、どうして一度もあなたの友達に会わせてくれないの？」ホープは落ち着こうとしたが、声がしだいに甲高くなっていった。「わたしのことを恥じているの？」

「一緒にいるときは、ぼくだけのものにしておきたいんだよ、かわいい人《ペティ・ムー》。そのことを詫《わ》びるつもりはない」アンドレアスは穏やかに言った。「ヒステリックにならないで、落ち着いてくれ」

「いいえ……あなたと闘っているだけよ！」

「ぼくはきみと闘うつもりはない」

「闘う気にもなれないのね？」自分の大胆さにホープはわれながら驚いた。アンドレアスから離れようと後ろに下がったとき、化粧台の角で腰をしたたかに打ちつけた。

「大丈夫か？」顔をこわばらせ、アンドレアスは前に進み出た。

隣の部屋で電話が鳴りだした。アンドレアスはギリシア語でいらだたしげに毒づいたが、ホープはほっとする思いで電話に応対した。

「アンドレアスを出して」エリッサ・サウスウィックの横柄な声が聞こえた。

「お待ちください」ホープはそっけなく答えた。

ロンドンにいる兄と携帯電話で連絡がとれないとき、エリッサはアパートメントにかけてくる。彼女が十代のときに両親を亡くしているので、兄と妹は仲がよかった。二十代なかばの今も、エリッサは何かと兄を頼っている。けれど、ホープのことは聞いていないらしく、いつもまるで電話番を相手にしているような話し方だ。

アンドレアスはホープがさしだした受話器を受けとったが、視線は彼女に据えたままだった。青い目を伏せたまつげで隠し、ふっくらした唇を引き結んだホープは、今にも壊れそうなガラス細工のようだ。アンドレアスは彼女に腹を立てていた。どうしてこんなことをするんだ？

電話の会話はギリシア語で続いた。ホープにも大まかな内容は理解できた。何カ月も夜間授業でギリシア語を学び、アンドレアスをびっくりさせようと思っていたのだ。エリッサは来週の新居披露パーティを忘れないよう、兄に念を押している。ホープは部屋を出た。

もちろんわたしがパーティに招待されることはない。アンドレアスはわたしを外に連れだしたり、人に紹介したりするつもりはないようだ。わたしを自分の欲望のためだけに利用しているから？　出会ったときから進んで自分を与えた愚かな女との気楽な火遊びのため？　アンドレアスは何も約束しないし、わたしにはもっと要求する勇気がないのだから、どうして文句が言えるだろう。

ホープは苦痛に負けそうになった。大声で泣き叫びたかった。今にもとり乱してしまいそうで、震える唇を固く引き結ぶ。アンドレアスがアパートメントにいるときに泣いたりしないよう、悲しいことは考えないようにした。

それなのに次から次へと考えてしまう。アンドレアスは繰り返し愛しあうことをなんとも思っていない。いかにもギリシア人らしい、飽くことのない欲望を持った情熱的な男性。けれど、遊びよりも仕事に夢中なので、ロマンスや献身的な態度を要求しない女性が必要なのだ。だから、わたしは彼にとって都合がいいのだ。わたしはいつも自立しようとしてきた。彼が仕事で遅くなっても、しばらく離れていても、大騒ぎしたこともない。彼の人生における舞台裏の役割を受け入れてきた。

どうして？　アンドレアスはあまりにもわたしと違うから。わたしが自分を過小評価しているのではなく、さまざまな点でアンドレアスが優れていることを無視できないだけ。彼はすばらしい特権と富が作りあげた、みごとなまでに洗練された男性だ。ある夏の日に雨が降れば損をしたと思い、暑い浜辺で三時間過ごすためにわたしを地球の反対側へ連れていったこともある。高い教育を受け、驚くほど頭もいい。

それにひきかえ、わたしには何があるだろう。基本的な学校教育、平凡な生い立ち、自分では平均的だと思っている容姿と頭脳。いつの日か彼がこんなわたしを愛するようになると想像できる？　彼が人生のなかでもっと安定した場所をわたしにさしだすことがあるだろうか？　わたしはアンドレアスを愛している。そもそも、そのことが自制心や常識にとってハンディキャップになっているのだ。

気持ちを引きしめ、ホープは顎を上げた。アンドレアスが現状に満足していても、わたしは未来のない関係に対処していけるかどうか、よく考えなければいけない。彼のもとを去るしかないのかもしれないと思うと、気分が悪くなるけれど、彼にとって気軽なベッドのパートナーにすぎないのであれば、ほかに選択の余地はない。

それにしても、わたしは最悪の時を選んで、アンドレアスが問題だと思うようなことを言ったのだろうか？　たぶん彼は〝記念日〟という言葉に心底ぞっとしたのだ。わたしは、ヴァネッサが口にするまで無視しようと決めていた不安に、過剰反応したのかもしれない。

初めてアンドレアスと喧嘩《けんか》をした。そして二人の関係を危険にさらしている。ホープは両手を握りしめた。目に熱い涙があふれてくる。決して泣くものですか。いったいどうしたというの？　感情が高ぶり、どうかなってしまいそうだ。彼にどなるような物言いをするなんて。彼は驚いていた。ホープは震える両手を頬に押しあて、ゆっくり深呼吸して落ち着こうとした。少し前まで、冷静さがわたしの性格の一部だったのに。

「ホープ……」長身で引きしまった筋肉質の体にボクサーパンツをはいただけのアンドレアスは、優雅な居間の窓辺にいるホープを見つけた。オーク材の床を横切り、固く握りしめた彼女の手をつかんで引き寄せる。きらきら輝く金色の目がホープの苦しそうなまなざしをとらえた。「来週、妹の家の新居披露パーティに行かないか？」

ホープは驚きと同時に喜びに包まれ、言いようのない安堵《あんど》感をおぼえた。「本気なの？　ええ、もちろん行きたいわ！」

アンドレアスは、ホープの顔がたちまち明るく幸せそうに輝くのを見ていた。危険は回避された。彼の意思表示は正しかった。記念日に関しては、週末にパリへ行くことで譲歩しよう。パーティには関係ない客が大勢来るので、エリッサはホープの存在に気づかないだろう。ホープが参加していけない理由はない。とはいえ、こういう招待を習慣にするつもりはなかった。

そのうち、ニコライディス家の人間として義務を果たすために、跡継ぎを作らなければいけないときが来る。公の生活と私生活を区別し、慎重にふるまわなければならない。ホープは傷つくだろう。それでも、ぼくとの生活が長くなればなるほど、彼女は離れがたくなり、やがては避けようのない制約を受け入れるはずだ。

ホープの心臓は早鐘を打っていた。強靱《きょうじん》な体に体を寄り添わせながら、つかの間でも彼を信じられなかった自分に後ろめたさをおぼえた。もっと早く話していればよかった。たぶん彼も正しい方向へ少し後押ししてもらう必要があったのだろう。

「さて……」アンドレアスの長い指に頬を包まれると、ホープの呼吸は浅く速くなっていった。熱い金色の目に、めまいがしそうになる。アンドレアスはうっすらと開いたホープの唇を飢えたように味わい、彼女を抱きあげると、寝室へ運んでいった。

2

ホープは、エリッサと彼女の裕福な夫フィンレイ・サウスウィックが大規模な改装をした邸宅に入っていきながら、Vネックの黒いドレスを湿った手のひらで撫《な》でつけた。

パーティはすでに盛りあがっていた。ホープは神経質になり、できることなら強力接着剤のようにアンドレアスにくっついていたかった。場違いな装いをするのを恐れ、無難な黒のドレスを選んだのだが、まわりの女性はみんな色鮮やかなドレスを着ている。ホープは、自分がひどく平凡でやぼったく思えてきた。それに半日かけて最高の身支度をするつもりだったのに、三時間も早くやってきたアンドレアスに計画を台なしにされてしまった。

ホープは頬を赤らめた。商談がキャンセルになり、アンドレアスの仕事が早く終わったのだという。腿の付け根の恥ずかしいうずきは、アンドレアスが思いがけない時間に帰ってきた特典を利用した証拠だった。

パーティに来ていた金髪の少女がびっくりした顔でホープを見つめた。「まあ、驚いた。あなた、カムデン・マーケットの露店でハンドバッグを売っていなかった?」

「きみの思い違いだと思うけど」アンドレアスが岩をも砕きそうな冷ややかな声で口をはさんだ。

ホープは緊張した。恥ずかしそうに顔を赤らめている十代の女の子に見覚えがあった。

「ええ、そうよ」女の子の困惑をやわらげようと、温かい笑みを浮かべて言う。

「誕生日に母に贈ったら、とても気に入ってくれたの。母の友達もみんな、どこで手に入れたか知りたがっているのよ。近いうちにまた行くわ」

もうマーケットでは売っていないとホープが言う前に、アンドレアスのがっしりした手に背中を押されていた。玄関ホールは広く、おしゃべりに興じる人たちで込みあっている。

アンドレアスはホープを戸口に押さえつけ、押し殺した声で言った。「本当に露店で物を売っていたのか？」

ホープはあっけにとられてアンドレアスを見上げた。彼の目は冷たく、険しい。「ええ。どの年代に何が売れるか、市場調査をしていたの。流行に遅れないようにしないといけないから――」

「露店を出していただと」アンドレアスはホープをさえぎった。引きしまった顔には冷たい非難の色が浮かんでいる。「まるで金も支援もないように道端で物を売っていただと！どうしてぼくに恥をかかせるようなまねをするんだ？」

ホープはその場に凍りついた。驚きのあまり、顔から血の気が引いていく。「あなたがそこまで俗物だとは思ってもみなかったわ」

「ぼくは俗物じゃない」アンドレアスは即座に否定した。

ホープはガラスのように透きとおった不安そうな青い目で彼を見つめた。「いいえ、そうよ。だけど、あなたのような特権階級に育った人にはふつうのことだし、理解できるわ」

「くそっ……今《テオス》の話とぼくの育ちと、どんな関係があるんだ?」哀れみのこもったホープの優しい表情に、アンドレアスは怒りをあおられた。「露店商をしていたことをどうして黙っていた?」

「何度か思いつきでやってみただけよ。あなたがそんなふうに感じるとは考えもしなかったし、関心を持つとも思わなかったから」ホープは不機嫌な声でつぶやいた。「今はもうマーケットの露店で売っていないわ」

「そこまで身を落とすようなまねはするな。これからは品位を守るために素行に気をつけるんだ」アンドレアスはハンサムな顔に人を怖《お》じ気《け》づかせるほど冷酷な表情を浮かべ、かろうじてかんしゃくを抑えた。

「わたしに守るものがあるとは思えないけど」ホープは申し訳なさそうに言った。マーケットに行かなくなったのは工芸展示会のためだったが、今は言わないほうがよさそうだ。

とてつもない財産という繭のなかにいるアンドレアスは、ときおり救いようがないほど浮き世離れしたことをする。ホープは陰鬱《いんうつ》に考えこんだ。実際のところ、彼女にはほとんどお金がなかった。奨学金で貧しい生活を送り、わずかばかりの収入で出費をまかなってきたので、本当に大変だった。ただ家賃を支払う必要がないので、なんとかやっていけている。アンドレアスは生活費をわたしが出していることに気づいていないのかしら？　それとも、アパートメントでの経費は彼の会社の人間が扱っているのだろうか？

「ぼくにはある。だから、ぼくのために品位を磨いてくれ」アンドレアスは辛辣《しんらつ》な口調で言い、からかうようなホープの目の輝きにも気持ちをやわらげようとしなかった。

ホープが露天商たちと親しくなり、客の相手をしたかと思うと、アンドレアスの自尊心は踏みにじられた。そのような低い環境に身を置いてはいけないことくらい、言われなくてもわかりそうなものなのに。彼女はあまりにも無邪気すぎる。客や商売人のなれなれしい粗野なふるまいにどれだけ耐えてきたのだろう。ほかにどんな愚かなことをしでかしているのだろうか。彼女に対する絶対的な信頼が揺らいできた。そして、頻繁に海外に出張している欠点に初めて気づいた。もっとそばにいれば、露店のことに気づいて、やめさせていたはずだ。これからは彼女の行動にもっと注意しなければ。

アンドレアスのことをよく知っているホープは、彼が嫌悪感を燃やしているのを知った瞬間、深く傷ついた。彼は失望したのだ。恥ずかしい思いをさせられたと思っている。濃い金色の目に冷たいよそよそしさが浮かんでいるのを見て、ホープは打ちのめされた。

そのとき、ホープはパーティの参加者が二人のために道をあけたことに気づいた。そして二人が注目の的になっていることに、とまどった。大広間に興奮の波が伝わり、みんなの顔がいっせいに二人のほうを向く。好奇のまなざしがホープをざっと眺めてから、彼女の傍らにいる威厳のある長身の男性をうっとりと見つめた。人々の注意を引いているのはアンドレアスなのだ。まるで王族を迎えるように、客が道をあける。たしかに彼は王族のように自分が持っている力に無頓着《むとんじやく》だ。彼に向けられる挨拶《あいさつ》の声もほとんど無視している。

肩ひものついたピンクのドレスに身を包んだ女性が、急ぎ足で二人のほうへやってきた。情熱的な黒い目に、長い茶色の髪、ほっそりした体形。ゴシップ誌でたびたび写真を見ていたホープは、すぐにアンドレアスの妹エリッサだとわかり、笑みを浮かべた。エリッサとの出会いがうまくいきますようにと心から願っていた。ところがエリッサはホープのことなどまったく眼中にないらしい。来るのが遅いと威勢よく兄に文句を言いながらも、その両頰に熱烈なキスをしている。

アンドレアスは平然と非難を受け流し、笑い声をあげながら、妹に紹介しようとホープのほうを振り返った。そのとき、がっしりした体つきの年輩の男性が近づいてきて、アンドレアスにギリシア語で話しかけた。

「ちょっと失礼するよ」アンドレアスは二人の女性に言い、いらだたしげに口元を引きしめて、少し離れた場所に下がった。

「ホープです」彼女は親しみをこめて手をさしだした。「お会いするのを楽しみにしていました」

エリッサは赤ワイン色の唇に笑みを浮かべたまま、不機嫌そうなまなざしでホープを見つめると、さしだされた手を無視して軽蔑《けいべつ》もあらわに言った。「あなたが兄の娼婦《しょうふ》ね。どうしてわたしがあなたと会うのを楽しみにしなければいけないの?」

エリッサがいちだんと晴れやかにほほ笑みながら去っていくあいだ、ホープは必死でショックを隠そうとしていた。顔がかっと熱くなり、恥ずかしさに気分が悪くなるほどだった。アンドレアスの妹が、しかもホープのことをまったく知らない女性が、あんなにも毒のある言葉で攻撃してくるとは。彼女が口にした不愉快な言葉を考えてはだめ、とホープは自分に言い聞かせた。今日のパーティに来たくてしかたがなかったんだから。アンドレアスのために最善を尽くさなければ。妹を愛しているアンドレアスに、エリッサの言ったことを話すわけにはいかない。とにかく我慢するだけだ。

部屋の向こうから、若い男性がホープに向かってのんきそうに手を振っている。充血した目とくしゃくしゃの金髪が、色の白い天使のような顔に不釣り合いだ。知らない人ばかりのなかで知り合いの顔を見つけたのがうれしく、ホープは彼にほほ笑んだ。

「あの男を知っているのか?」戻ってきたアンドレアスがそっけなくきいた。

「ベン・キャンベル、ヴァネッサの従兄弟《いとこ》よ」ホープは言いながら、エリッサの言葉を思い出して顔をしかめた。娼婦……考えてはだめ。

アンドレアスは若い男を冷ややかに一瞥《いちべつ》しただけで、挨拶しようともしなかった。キャンベルは、乱痴気パーティや見境のない女遊びをするという噂《うわさ》がある。彼と親しそうなホープの様子に、アンドレアスはとまどった。

「キャンベルとはつきあうな」アンドレアスはきっぱりと言った。

ホープは唖然《あぜん》とし、下唇を噛《か》んでうつむいた。いったい、いつからアンドレアスは命令口調で話すようになったの？ ベンとは数回会っただけだが、好感を持っている。

「つまり」彼女が答えようとしないので、アンドレアスは続けた。「たった今から、彼はきみにとってまったく知らない人間だ」

ホープは何も言わなかった。どうしてベンのことを知らないふりをしたり、友人に不快な思いをさせたりできるだろう。それにヴァネッサのアパートメントで何度か会っただけなのに、過剰な反応をするなんて、ばかばかしい。

ダイヤモンドでまばゆいほど光り輝いている女性が、アンドレアスと話をしようと近づいてきた。ホープには露ほども注意を払わない。そのあとも次から次へと客がアンドレアスに話しかけてくる。それに比べ、ホープは自分が面白くもない木の椅子になったような気がした。コートをかけられても驚かなかっただろう。

すでにエリッサに自信をこなごなにされたホープは、近くの奥まった部屋に引っこんだ。安全な隠れ家から見ていると、女性たちはひっきりなしにおしゃべりをし、お世辞を言い、アンドレアスの口から出るひと言ひと言に耳を傾けている。女性だけではない。男性たちも大声でアンドレアスの注意を引こうとし、彼の意見を仰いでいる。

彼の娼婦。恐ろしい言葉が脳裏によみがえり、まるで狂人に斧《おの》を振るわれたようなショックを受けた。娼婦とは、誰とでも性的関係を持つ女性のことだ。男性を性的に喜ばせるために特別な努力をする女性。わたしがそうだというの？

アンドレアスからお金をもらったことはないけれど、王女が住んでもおかしくないようなアパートメントには、高級な装飾品やみごとな家具や芸術品がそろっている。たとえ千年働いても、わたしの収入であんな贅沢《ぜいたく》はできない。でも、わたしは誰の相手でもするわけではない。アンドレアスと出会ったときはバージンだったし、彼としかベッドをともにしたことはない。何もかも彼に教えてもらった。けれど、あらゆる分野で完璧《かんぺき》を求めるアンドレアスのことだから、彼を喜ばせるよう完璧なまでに教えられたことは間違いない。それはつまり、娼婦になったということだろうか？

ホープは薄暗い部屋で閉所恐怖症になりそうだった。不安にじっとしていられなくなり、隣の部屋へふらふらと歩いていく。そのとき初めて涙があふれているのに気づいた。自制心をなくしたことが恥ずかしく、急いで広い家の探検を始めた。いつまでも同じところにいれば、感情を抑えきれなくなったことを誰かに気づかれてしまう。パーティに来るんじゃなかった。アンドレアスとの関係にとって大事な踏み石になると信じ、無邪気に要求した罰が当たったのだ。廊下に人がいないとわかると、ホープは足を止め、堅い一枚板のドアの外で耳を澄ました。なかで物音がしないことを確かめてから、ドアノブをつかむ。ドアがきしみながら開き、薄暗い照明の部屋が現れた。そして、驚くべき光景が目に飛びこんできた。アンドレアスの妹エリッサが、黒髪の男性と熱烈なキスをしていたのだ。それは夫フィンレイ・サウスウィックではなかった。

驚愕《きょうがく》したホープは、つかの間戸口で凍りついた。ショックもあらわな顔であわててドアを閉め、大きく息を吸って落ち着こうとする。だが息を吐きだす前にドアが開いて、エリッサが出てきた。

「アンドレアスに言ったりしないでしょうね！」年若いエリッサは不安と怒りのまじった声で猛然と食ってかかった。「もしも兄の耳に入ったら、あなた以外に犯人はいないんだから、あなたをめちゃくちゃにしてやるわ！」

エリッサの猛攻撃をかろうじて受け止め、ホープはなんとかつぶやいた。「わたしを脅迫する必要はないわ」

「あるに決まってるでしょう」エリッサの口調は激しかった。「何をこそこそのぞいていたの？　わたしをつけてきたの？」

「とんでもない！」ホープは信じられない思いで反論した。「それにのぞき見したんじゃないわ。座れる静かな場所を探していただけよ。ここには誰もいないと思って――」

「本当かしら？」あざけるような口ぶりだ。

「本当よ。それに誰にも言うつもりはないわ。他人に干渉したりしないから」

「自分のことだけ気をつけているのね、でぶ女！」エリッサは憎々しげに言い放った。

さらなる攻撃にホープはたじろぎ、その場を離れた。涙で目の前が見えない。最悪の女主人がいる悪夢のようなパーティだ。そのとき人にぶつかり、謝りながら目を上げると、ベン・キャンベルが立っていた。

「どうしたんだ？」ベンは酔っているらしく、少しろれつがまわっていない。

「なんでもないわ！」

ホープは彼のわきをすり抜け、クロークへと逃げた。まわりに誰もいないことを確かめてから、携帯電話でヴァネッサを呼びだす。

「何もかもめちゃくちゃよ。エリッサはわたしを憎みきってるわ！」

「けっこうだこと。わたしが思っていた以上にアンドレアスはあなたに夢中みたいね」ヴァネッサの口ぶりは人をいらいらさせるほど楽しそうだ。

「どうしてそう思うの？」ホープはすすり泣きをこらえ、黒いドレスのせいで太って見えるのだと決めつけた。化粧台の上にある優雅な鏡には、鏡いっぱいに上半身が映っている。

「エリッサは甘やかされた子供で、お兄さんを独占したいのよ。あなたがアンドレアスとどれくらい長くつきあっているか、知っているはずよ。アンドレアスが本気なのを心配しているんだわ。何か言われなかった？　それを武器に使えるような不愉快な言葉とか」

ホープは眉をひそめた。エリッサについては、名誉にかけても沈黙を守らなければならないという気がする。「どうして？」

「それを武器として使って、アンドレアスに涙ながらに打ち明けるのよ。一週間前なら絶対に口にするなと言ったところだけど、あなたは難なくアンドレアスを説得して、大事なパーティに連れていかせたものね」ヴァネッサは考えをめぐらした。「あなたがアンドレアス・ニコライディスに影響力を持っていることは間違いないわね」

「本当にそう思う？」勇気を得たホープは、胸の内では見当違いの希望だと思いながらも、なんとか元気を出そうとした。「でも、アンドレアスとエリッサのあいだに問題を起こすようなことを言うつもりはないわ。あまりにも卑劣だもの」

「エリッサがあなたの敵になるつもりでいるなら、あなたに選択の余地はあまりなさそうよ」ヴァネッサは警告した。

「そんなに悲観的にならないで」ホープはため息をついた。「彼女はわたしがお兄さんにふさわしくないと思っているのかも」

「いい加減にしてよ。彼女のために言い訳なんかしないで」ヴァネッサがうめき声をあげる。

電話を切ると、ホープは携帯電話をバッグに戻した。娼婦と呼ばれたことを親友に話すわけにはいかなかった。エリッサが残酷なほど侮辱的なことを言ったのはそれなりの理由があるからだと、ヴァネッサなら思うかもしれない。それが怖かった。クロークから出ると、そばの壁にベンがもたれていた。

「話をしないか……」ベンのさしだした手が揺れている。かなり酔っているようだ。「誰がきみの幸せそうな笑顔を奪ったんだ？　何があったか話してほしいな。ほうっておいたら、ヴァネッサに殺されるよ」

周囲の女性たちのうらやましそうな目を気にしてホープは頬を赤らめ、ベンにすばやく近寄った。「しいっ……なんでもないわ……お願いだから大声を出さないで」

ベンはホープに腕をまわして壁から体を起こしたが、ホープには彼女が逃げないよう引き止めたかに思えた。「家まで送ってあげようか？」

「ありがとう、でもけっこうよ」

「ぼくは何人もの女性をものにしてきた」ベンは物憂げに言い、顔を赤らめて彼の手から逃れようとするホープを、血走った緑色の目でからかうように見た。「ギリシアの億万長者からきみを誘惑することはできるかな？」

「無理ね。誰にもできないわ」ホープは真剣な口調になった。

「絶対無理だなんて言うなよ……よけい意欲をそそられるけどね」ホープの不安そうな青白い顔を見て、ベンはため息をつき、頭のてっぺんに父親のようなキスをした。「きみは優しくてまっすぐで、アンドレアス・ニコライディスにはもったいない」

　アンドレアスは大勢の客の中心にいた。彼が退屈しているのは、遠くからでもわかった。その金色の目が、パーティ会場に戻ってきたホープをとらえると、なんのためらいもなく信奉者たちを置き去りにして、ホープのもとへ歩いてきた。「いったいどこへ行っていたんだ?」

「金の価格や豚のばら肉の話題になると、ちょっとお邪魔のような気がして」

「行こう、かわいい人《ペティ・ムー》」アンドレアスはホープの手をしっかりつかむと、玄関ホールへ引っ張っていき、まだ彼のご機嫌をとって話をしようとする人たちをみごとなまでに無視した。「ベッドから出るんじゃなかった……」

　アンドレアスはホープを急がせるようにして階段を下り、ひんやりした夜気のなかに出た。じっと見つめる彼の官能的なまなざしに、ホープは体がこわばり、喉の渇きをおぼえた。彼女を動揺させていた何もかもが、たちまちとるに足りないことに思えてきた。死ぬほどアンドレアスを愛している。ほかに大事なことがある?　衝動的にホープは爪先立ちになって褐色の頬にキスをし、人を酔わせる男性的な匂《にお》いを吸いこんだ。

「アンドレアス?　ちょっと待って」ギリシア語で呼ぶ小さな声が背後から追いかけてき

た。「話したいことがあるの」

アンドレアスは眉根を寄せた。待っていたリムジンにホープを乗せ、申し訳なさそうな笑みを浮かべる。「五分だけだから……きみの代わりに挨拶もしておくよ」

エリッサが近づいてきたとき、ホープは緊張したが、気性の激しい彼女と顔を合わせずにすんでほっとした。エリッサの控えめでためらいがちな口調に驚いたものの、結婚生活がうまくいっていないことを兄に打ち明けるつもりかもしれないと思った。ホープは、パーティの最中目にしたことをアンドレアスに黙っているのは悪いと思っていたので、その考えは気に入った。結局のところ、アンドレアスは妹も彼女の二人の子供たちも大好きなのだ。彼は皮肉屋かもしれないが、妹の家族を結びつけておくために手を尽くすだろう。

エリッサはかなり若いときに結婚したので、ついほかの男性と遊んでしまうのかもしれない。いずれにしても、自分には関係ないことだ。ただ、不幸な混乱はアンドレアスの機嫌をそこねることになるだろう。彼は女性の不貞に対して寛大ではない。その点に関してはっきりした意見を口にするのを何度となく聞いたことがある。

十五分後、アンドレアスが戻ってきた。人工的な光のなかで彼の褐色の肌はいつになく青白く見えた。目の色も濃く、陰気な輝きをおびている。妹から話を聞かされたと思ったホープは、アンドレアスが車のなかで黙っていても驚かなかった。肉親に対して忠実な彼は、エリッサの話をホープの前で持ちだしたことは一度もない。

ホープはあたりに緊張感がみなぎっているのを感じ、どうしてかと考えをめぐらした。エリッサはわたしがのぞき見をしたと非難したのだろうか？　分別のあるアンドレアスがありそうもない話を信用したりするかしら？　ホープはさらに眉根を寄せた。

アパートメントに上がるエレベーターのなかで、ホープは冬の大西洋を思わせる冷ややかなアンドレアスの目に気づいた。「どうしたの？」彼女は即座に尋ねた。

「どうしただって？」食いしばった歯のあいだから絞りだすような声だった。

これほど威圧的な声を聞いたのは初めてだ。玄関に入っていきながら、ホープはいつものように靴を脱いだ。

「ホープ？」

彼女はゆっくり振り向いた。アンドレアスはまだ広い玄関ホールの入口にいた。恐ろしいほど背が高く、いかにもギリシア人らしくセクシーで、浅黒く、魅力的だ。だが、今は恐怖にさらされているという思いに、かすかに吐き気がする。

アンドレアスはすべるように近づいてきた。すばらしい目は金色に光っている。「今夜、ぼくに話したいことがあるんじゃないのか？」

3

ホープは息をのんだ。なぜアンドレアスはわたしが悪いことでもしたような言い方をするの？　ホープは、エリッサの冷たい仕打ちに対して愚痴を言うつもりも、告げ口をするつもりもなかった。そもそも、夫以外の男性と一緒にいたエリッサをわたしが見たことを知っているのなら、どうしてアンドレアスは何も言わないのかしら？

「いいえ、何も思いつかないわ」ホープは不安そうに答えた。エリッサのために黙っているのに、こんなに後ろめたい思いをしたくない。

「きみはベン・キャンベルと一緒にいるところを見られているんだぞ」アンドレアスは冷ややかに言ったが、その口調には威嚇するような荒々しさと初めて耳にするとげとげしさがあった。

ベンという名前にとまどい、ホープは顔を赤らめて落ち着きなく体を動かした。「ええ、ベンと少し話をしたわ」

「義弟のフィンレイが、彼と一緒にいるきみを見たんだ。きみはキャンベルの腕のなかにいたと」

アンドレアスの言葉の選び方に、ホープは不快感をおぼえた。邪気のないささいなことが、これほど悪い印象を与える結果になるとは。エリッサの夫には会ったこともないのに。ベンとのつかの間のおしゃべりを疑わしいと思ったとしたら、狭量な男性だとしか思えない。

「あなたが思っているようなことじゃないわ」

アンドレアスの黒い眉がつりあがった。「違うのか？」

ホープのいつもの落ち着きは、あっというまに消えうせた。アンドレアスの異常な態度を理解しようと、じっとその顔を見つめる。これまでアンドレアスはわけのわからない嫉《しっ》妬《と》や独占欲を見せたことはなかった。それが今突然、見知らぬ他人のようにふるまっている。

「もちろん違うわ。そもそも近くに何人もの人がいたし。いちゃついていたわけでもないわ。ベンはちょっとふざけていただけよ」

アンドレアスの褐色に引きしまった顔にはなんの表情もない。「そうかな？」

「お願い、アンドレアス」ホープは必死だった。頭のなかで警鐘が鳴りはじめた。「ベンは少し酔っていたから、まっすぐ立とうとして、わたしに腕をまわしたのよ。それだけなんだから。ねえ、わたしたちがこんな話をしているなんて、本当に信じられないわ」

「ぼくらがこんな話をしているのは、きみがキャンベルと人前で仲よくしているのをフィンレイが見た五分後に、二人きりでもっと仲よくしているところをエリッサが見つけたと言ったからだ」

ホープは身じろぎもできなかった。顔から血の気が引いていく。「もう一度言って……」

「繰り返す必要はないだろう」アンドレアスは嫌悪感を隠そうともしない。「きみは誰もいない部屋にキャンベルと入ったはずだ」

こめかみがずきずきしてきた。「ベンと二人きりになるためにどこかの部屋に入ったりしないわ」

アンドレアスの目が焼けつくような怒りで燃えあがった。「なんて卑劣な……ぼくの面汚しだ！」容赦ない侮蔑《ぶべつ》はホープを骨まで切り刻んだ。「せめて事実を認めたらどうなんだ。そんな現場を目撃された以上、嘘《うそ》をついたり言い訳を並べたてる余地はないだろう」

「でもわたしは嘘もついてないし、言い訳もしていないのに」ホープはみぞおちを殴られでもしたようなショックを受けた。「いったいベンと何をしていたというの？」

「キスだ」

「してないわ！」ホープはあえいだ。「あなたの妹さんは――」

アンドレアスがさっと両腕を広げた。その荒々しいしぐさに、ホープは言葉を切った。

「妹の正直さを疑うようなことを言って、これ以上ぼくを怒らせるな。妹はきみをもてなしたのに裏切られ、困惑させられたんだ」

「わたしはしてないのに……誓ってもいいわ」ホープはとまどい、つぶやくように言った。あまりにもさまざまなことで頭が混乱している。やがてエリッサがいかに残酷にごまかし、恥ずかしげもなく嘘をついたかに思い至り、気分が悪くなった。知らないも同然の人間がこれほどひどい嘘をつくとは。ホープは打ちのめされた。

「エリッサはひどく動揺して、夫に相談した結果、ぼくにも知る権利があると思ったらしい。きみがぼくに隠れてふしだらな女のようにふるまっていることをだ！」冷静さも自制心も失い、アンドレアスは大声をあげた。

ホープは身震いした。「でも事実はそうじゃないんだから。まったく違うわ」

「ぼくが出ていく前に、真実を認めてほしい。ぼくに対して、せめてそれくらいのことはしてもいいだろう」

ホープは自分の世界が音をたてて崩れていくのを目の当たりにしながらも、エリッサが彼女の言葉を実行に移した残酷さに感心した。「本当にばかだった」呆然《ぼうぜん》とつぶやく。「自分が完璧《かんぺき》な人間でないことは知っているから、人の過ちは大目に見て、勝手に判断を下さないようにしてきたのに。でもとても危険なことを見逃していたのね……妹さんはあなたと同じくらい頭がよくて、彼女の安全にとってわたしが脅威になると決めたってことを」

アンドレアスの口元がゆがんだ。「ばかばかしくて話にならない。こんな不愉快な話に妹を巻きこむな」

「それはできそうにないわ」

ホープは、どうすれば彼を納得させられる反論ができるだろうかと考えた。エリッサは、夫がホープとベン・キャンベルを見たという話を引き合いに出し、自分の話の信憑《しんぴょう》性を高めた。夫が見た光景がまったく無害なものだということは問題ではなかった。夫の証言を加えることで、状況を議論の余地がないものにしたのだ。たしかに他人からすれば、この話は疑いようがないと見えるかもしれない。でも、アンドレアスはわたしのことをよく知っているはずなのに。

「あなたはわたしのことをよく知っているんじゃないの?」

ホープの言葉は、巨大な岩を吹き飛ばすダイナマイトの爆風のようにアンドレアスに一撃を加えた。心のなかで握り拳《こぶし》を作り、必死で怒りを抑えようとする。ホープを見るのは耐えられなかった。それなのに、目をそらすことができない。ホープを信頼している。だが妹に幻想を打ち砕かれるまで、これほど彼女を信頼していたことに気づかなかった。愛人を信頼したのが問題だったのだ。ホープを長くそばに置きすぎた。彼女の甘く心地よい感傷に心を冒され、二人が何を分かちあえ、何を分かちあえないか、あいまいにしてしまった。分かちあえるのはすばらしいセックス以上のものではないし、すばらしいセックスならほかでも見つけることができる。

「アンドレアス?」ホープは自制心を失わないよう必死だった。「わたしがそんなことをすると本気で思っているの?」

金色に光る傲慢《ごうまん》な目がじっと彼女を見る。「ありえないことじゃないだろう?」アンドレアスはなめらかな声で物憂げに言った。「初めて会った夜、納屋できみはぼくと関係を持ったじゃないか」

ホープの顔から血の気が引き、羊皮紙のように白くなった。苦痛が全身を貫く。あの夜の無謀な行為に対する遅すぎた罰だ。不道徳な始まりがめぐりめぐって、今わたしを苦しめている。アンドレアスはわたしに敬意を払っていなかった。バージンであろうとなかろうと、わたしはあまりにも簡単に口説き落とされた。わたしがふしだらな女になる最初の兆候として、アンドレアスはあのときのことを思い返している。最初の夜を引き合いに出して非難するなんて、信じられないほど残酷だ。わたしは彼に恋した夜の思い出をまさにロマンスの真髄だと思って大事にしてきたのに、その同じ思い出を、彼はわたしを侮辱するために投げつけたのだ。

目が熱くなり、奥のほうがちくちくする。あまりのショックに泣く気にもならない。

「ええ、そうよ」ホープは声を絞りだした。「あなたにとってはなんでもないことでも、わたしには特別なことだったわ」

アンドレアスはまったく関心がないかのように広い肩をすくめただけだ。

ホープは重ねて説得しようとした。「わたしの話を聞いて」

「お断りだ」

「わたしは今夜何もしていないし、あなたに嘘をついてもいないわ。ベン・キャンベルにキスしたなんて、誤解よ」

「月末までに住むところを探しておいてくれ。もう終わりだ」アンドレアスはあざ笑うような言い方をした。

彼は出ていこうとしている。ホープはとっさにアンドレアスと玄関ドアのあいだに立った。「行かないで！」

「やめないか」

「いいえ。わたしがどんな人間か考えて。ベン・キャンベルとキスするために二人の関係を台なしにすると思うの？」

アンドレアスの顎に力が入った。「ほかの女性ならするさ。彼は子供じみたやり方で何人かの結婚生活を破綻《はたん》させた。ほかの男の女を追いかけることでも有名だ」

「でもわたしは彼を欲しいと思わない……思ったこともないわ。酔った彼とキスしたことがある人なら、ロンドンに大勢いるんじゃないかしら。彼は相手が誰でもいいのよ」ベン・キャンベルを魅力的な男性だと思ったことさえない。アンドレアスにそれをわかってほしい。ホープは祈るような思いだった。彼女にとってベンは、ずぼらでちょっと面白い、ヴァネッサの従兄弟《いとこ》でしかない。「わたしの言うことが信じられないなら、ベンにきけばいいわ」

アンドレアスは笑い声をあげた。「どうしてぼくが自分の身を貶《おとし》めるようなまねをしなければならないんだ。きみがぼくの妻なら彼に立ち向かうだろうが。きみに指一本触れただけで、八つ裂きにしてやるさ」聞いているほうがとまどうほど悪意に満ちた声だった。「しかし、きみはぼくの妻ではない、愛人だ。だから騒ぎたてる必要もない」

あからさまな侮蔑の言葉に、ホープの顔は蒼白《そうはく》になり、青い目はたちまち怒りの火花を放った。「わたしはあなたの愛人じゃないし、愛人だったこともないわ」

「それならなんだ?」

「あなたに恋をして、将来のことを少しも考えなかった女よ」ホープは震える声で言い、ふっくらした唇を引き結んだ。「そんなわたしをばかだと言う人もいるけど、だからといって、あなたの愛人なんかじゃないわ」

「何人もの女性がぼくを愛していると言った」アンドレアスは軽蔑するような口調で続けた。「彼女たちは決まって、それ以上にぼくがさしだすものを愛しているんだ」

ホープの体がこわばった。「わたしは違うわ。このアパートメントは別として、あなたのお金を受けとったこともないし、高価な贈り物を要求したこともない。ほかの女性と一緒にしないで。わたしはずっとあなたに誠実だったわ！」彼女は鋭い声で非難するように言った。「わたしがしてもいないことで侮辱したり、あざ笑うような退屈そうなしゃべり方をしたりするのはやめて！」

「あざ笑うのをやめると、怒りだすかもしれない」ぞっとするほど穏やかな言い方に、ホープのうなじに鳥肌が立った。「さあ、どいてくれ。ぼくは出ていく」

ホープはうろたえ、ドアに背中をつけた。「死んでも通さないから。話を聞いてもらうまで行かせないわよ。まるで悪夢だわ。こんなことがわたしたちに起こってたまるものですか」

「わたしたちなんて、もうないんだ」それだけ言うと、アンドレアスは彼女を力ずくでどかせ、ドアから出ていった。

こんなにも簡単に彼が出ていったことがホープは信じられなかった。ほんの数時間前、パーティ会場をあとにしたときは、あんなに幸せな気分だったのに。アンドレアスが二人の関係を永遠に終わらせたなんて、とても耐えられない。

ホープは誰もいない広いアパートメントを歩きまわった。エリッサは恐ろしい嘘をついたのだ。なんとか彼女に接触し、間違った非難をとり消すよう説得できないものかと考えてみた。とはいえ、いくら楽天的でも、見込みのない期待にいつまでもしがみついているわけにはいかない。

エリッサは夫以外の男性とキスしている現場を目撃される前から、ホープを軽蔑しているとはっきり口にした。そして真実を話せばあまりにも多くのものを失うので、嘘をついて、ホープとアンドレアスとの関係を壊し、兄の人生からホープを追い払うことで勝利をおさめたのだ。

ホープは両手を握りしめた。まだショックで呆然としながらも、エリッサの浮気をアンドレアスに話すべきだと考えた。彼が信じようと信じまいと、自分のために話さなければ。でも成功するチャンスはあるだろうか？　自分の汚名をそそごうとすれば、エリッサが嘘つきだというだけでなく、不実な女性だと非難することになる。そう考えて震えが走った。アンドレアスは妹を自慢に思い、大事にしている。ギリシアの男性にとって名誉と家族はとても重要なものだ。エリッサを攻撃すれば、アンドレアスを怒らせることになる。

ホープはベッドのそばに投げ捨てられていた黒いシャツにつまずいた。それを拾いあげ、顔をうずめて、アンドレアスの匂《にお》いを吸いこんだ。彼は行ってしまった。恋人のように思っていた人が去っていったのに、どうして生きていられるだろう。アンドレアスのいない人生など想像できない。心のなかに恐怖が広がる。悲しみが意地悪な爪を立てる。とうとう涙があふれてくると、ホープはベッドに身を投げだし、喉が痛くなるまで泣いた。目が腫《は》れ、ほとんど何も見えない。静寂のなかで、ホープは喪失感とむなしさに打ちのめされた。

タウンハウスへ向かうリムジンのなかで、アンドレアスはブランデーをゆっくり二杯飲んだ。エリッサの見たことが間違っているはずがない。潔白だというホープのばかばかしい言い訳にはいっそう腹が立つ。彼は怒りをつのらせ、ほかの考えはすべて抑えた。ホープが嘘をついていることを証明してみせる。受話器をとると、アンドレアスは警備主任に電話をかけ、遅い時間にすまないと通り一遍の前置きをしてから、ここ数カ月のホープの訪問先を詳細に報告するよう頼んだ。

明け方近く、まどろみながら次々と夢を見たホープは、目が覚めると、ベッドに起きあがった。前夜の恐ろしい出来事を思い出すと同時に吐き気がした。ひとしきり吐き気が続いたあと、よろめきながらシャワーの下に行き、その場にくずおれた。アンドレアスがいてもいなくても、人生を続けていかなければならない。めそめそしていてもしかたがない。力を奮い立たせ、現実的な事柄に気持ちを向けなければ。まず住むところを見つけないといけない。事業を始めるための融資を受けられるように、これまで以上の努力をするときだ。バッグのデザインと製造ができるようになれば、昼夜を徹して働こう。忙しくなれば、アンドレアスを思って苦しんでいる時間などない。

玄関ホールの壁にとりつけられたテーブルの上に、小さな金色の箱があった。おととい、アンドレアスが帰ってきたとき、ホープを抱き寄せる前に何かをそこに置いたのを思い出した。いつものように外国で買ってきた高価なチョコレートだろう。それにおまけも？ホープは箱を開け、アンドレアスが彼女を驚かせようと入れていた小さな金色のお守をとりだした。もっとも、ブレスレットになるように珍しいお守のコレクションをひとつずつくれていたので、もう驚かなくなっていたが。

今度のお守は、小さな光る石を使ってホープの名前が目立つようにつづられていた。この〝ホープ〟というお守は幸運のお守になるはずだったの？　喪失感に襲われ、ふいに涙があふれそうになる。彼女はきつく目を閉じ、涙をこらえた。不思議なことにチョコレートを食べたいという気がしない。代わりにオリーブが頭に浮かび、つばがわいてくる。これまでオリーブは好きでなかったのに。とまどいつつも、彼女はキッチンへ向かった。

ニューヨークへ飛ぶために空港へ向かう車のなかで、アンドレアスは最近のホープの行動に関する報告書を読んだ。最初の不信感はたちまち激しい怒りに変わった。自家用ジェットの出発を遅らせたら、大西洋の向こうでの会議に遅れることはわかっている。だが、今度ばかりは感情が、効率を重んじる気持ちと自制心を打ち負かした。アンドレアスは引き返してアパートメントに向かうよう運転手に告げた。

ホープは空になったオリーブの瓶を捨てた。気分が悪いせいで、味覚までおかしくなってしまったのだろうか。そのとき、玄関のドアがばたんと大きな音をたてた。心臓が飛びだしそうになり、たちまち楽観主義が頭をもたげた。アンドレアスが戻ってきてくれた……わたしが不実でなかったことに気づいて！

せっかちなアンドレアスがいらだたしげに名前を呼ぶのを聞いて、ホープは声を張りあげた。「寝室にいるわ！」

くしゃくしゃになった淡いブロンドの髪を肩に垂らし、青緑色の目を期待に輝かせて、ホープはいそいそとローブのひもを結びながら戸口を見つめた。服に着替え、赤く腫れあがった目をなんとかする時間があればよかったのにと思う。

金色の目に怒りを浮かべたアンドレアスが入ってきた。引きしまった体を際立たせるデザイナーブランドの黒っぽいスーツに身を包んでいる。相変わらず、息をのむほどハンサムだ。冷静で控えめなアンドレアスには似つかわしくない激しい身ぶりで、彼は手に持っていた書類をほうり投げた。

「嘘つきのふしだら女！」耳ざわりな声で彼はホープに激しい非難を浴びせた。「数えきれないくらい何度もキャンベルのアパートメントに通っていたくせに。何カ月もあいつとベッドをともにしていたくせに！」

容赦ない言葉の攻撃に、ホープはその場に凍りついた。「いったい何を言っているの？」声に困惑した響きがにじむ。「ベンのアパートメントには一度も行ったことがないわ。彼がどこに住んでいるかも知らないのに」

「知らないだと！　ぼくが持ってきた証拠をよく見てみろ！」

「証拠？」ホープはかがんで数枚の書類を拾いあげ、コンピュータで作成された整然と並ぶ文字に目を落とした。「これは何？」

「驚くようなものだ……この一年近く、きみには二十四時間の警備がついていた。それは最近のきみの行動に関する報告書だ」

「二十四時間の警備がついていた？」ホープは信じられない思いで彼の言葉を繰り返した。「わたしを見張らせていたの？」

「見守っていたというほうが、公正で正確な言い方だ」

「誰が見張っていたの？」自分がまったく知らないあいだに、日常生活を他人に見られていたと思うと、嫌悪感に襲われた。

「ぼくの警備員のひとりだ。気づかれることなく、きみの自由を侵すこともなく仕事ができる一流のプロだ。彼らは間違いは犯さない」アンドレアスは恐ろしいほど声を抑えている。「だから嘘をついても時間の無駄だ」

ホープは困惑したまなざしでアンドレアスを見つめた。「そこまでわたしを信用していなかったの？　お金を払って人に見張らせていたなんて、ひどすぎるわ」

アンドレアスの高く張りだした頬がかすかに色濃くなった。「そういうことじゃない。ぼくは匿名の脅迫を受けていた。当然のことながら、ぼくとつきあっているきみに危険が及ぶのを心配したんだ。きみを守ることはぼくの義務だと思い、それを実行に移したまでだ」

ホープはもはや聞いていなかった。アンドレアスの話にショックを受けていた。「他人がわたしを見張っていたなんて。プライバシーの権利をいかにおろそかにしていたか、今初めて気づいたわ」

対立が思いがけない方向へ進み、アンドレアスはひどく腹が立ってきた。どうしてホープは自分の不実を無視して、ささいであいまいなことに大騒ぎするんだ？　ほかの男と関係を持つという裏切り行為に比べて、彼女のプライバシーの権利など、どうということもないのに。まるでぼくが恥ずべきことをしたかのように非難の目で見るのは、いったいどういうつもりだ？

「ゆうべまで、きみの行動に関する報告書を要求したことは一度もない。きみのプライバシーは百パーセント尊重していた」アンドレアスはきっぱりと言った。「だが、浮気の証拠が欲しかった。きみはキャンベルのアパートメントに何度も行っている。それはごまかしようがない」

ホープは手にした書類に視線を落とした。報告書のなかに見慣れた住所を見つけ、かすかに開いた唇から小さな声がもれる。どこから誤解が生じたのか、ようやくわかった。彼女は息を吸い、陰鬱《いんうつ》な目を上げた。「たしかにこのアパートメントの所有者はベンよ。でも彼はパーティをよく開くから、ご近所から苦情が来たの。ベンは去年引っ越して、今はヴァネッサが住んでいるわ」

アンドレアスは動じなかった。「きみの話なんか信じるものか。ヴァネッサはきみのために作り話を支持してくれるんだろうが」

その点に関してアンドレアスは間違っている。互いを欺いていた両親のもとで育ったヴァネッサは、不貞とそれに伴う嘘を軽蔑している。友人の浮気を隠すために嘘をつくことなど、絶対にありえない。

それにしても、アパートメントに関する説明をアンドレアスが即座に否定したのには驚いた。「この住所に住んでいるのはヴァネッサよ」なんとか彼に耳を傾けさせようとする。「ベン・キャンベルとは二、三度会っただけで、あなたを裏切ったことはないわ。二年も一緒に過ごしたのよ。せめて話を聞くだけでもして」

アンドレアスはさも軽蔑したような目でホープを見つめた。「無理だな」

彼はくるりと背を向け、寝室から出ていった。

「待って!」ホープは廊下に向かって叫んだ。

ゆっくりとアンドレアスが振り返った。いかにもしぶしぶといった感じだ。

ホープはかすれた音をたてて息を吸った。緊張のあまり、すぐにまた大きく息を吸わなければならなかった。アンドレアスは何があっても動じない構えでいる。ホープは恐怖にかられた。もはやほかに選択の余地はない。エリッサのしたことを黙っているわけにはいかない。残念ながらアンドレアスにとっては受け入れがたい話だけれど。しゃべったとたんに拒絶され、彼の妹を中傷したせいでさらに嫌悪される可能性もある。二度とアンドレアスに会えなくなるかもしれないと思うと、ホープはふいに息せき切ってしゃべりだした。

「ゆうべのことについてわたしの説明を聞いて。部屋に入っていって妹さんが激しく抱きあっているところを見たのは、わたしのほうなのよ」

アンドレアスの目に怒りの炎が燃え、顔がこわばった。「なんだと《テオス》……やめろ、もうひと言だってしゃべるな」

ホープは顎をつんと上げた。「いやよ。彼女はわたしを追いかけてきて言ったのよ、あなたにしゃべったら、わたしをめちゃくちゃにするって」

「エリッサのことをよくもそんなふうに言えたものだな」アンドレアスの顔が怒りで白くなった。

「誰にも言うつもりはなかった……だって、巻きこまれたくなかったもの」

「これできみは生涯の敵を作ったわけだ。ニコライディス家の人間はみんな名誉を重んじる。ぼくはそのことを誇りに思っている。自分が助かりたいばかりにエリッサの評判を汚そうとするとは、侮辱するにもほどがある。きみが男なら容赦しないところだが。女だということを利用するな」

「利用しているのはあなたよ！」これまで抑えていた怒りや苦痛が一気にあふれだした。ゆうべのことを説明しようとしたのに、即座にはねつけた彼が許せない。「あなた、わたしを嘘つきだとも、ふしだら女だとも言ったわね……わたしの話を聞こうともしないで」

「何を聞くんだ？　何を理解することがある？」アンドレアスは廊下を引き返してくると、寝室の外の壁にホープを追いつめた。「きみは若いブロンド男の前で脚を広げたんだろう！」

「そんなことするものですか！」かっと頬が熱くなった。「下品なこと言わないで」

「ぼくが知りたい事実に比べれば、なんでもない」アンドレアスはホープのわきの壁に両手をついて彼女を閉じこめた。ダイナマイトのように危険な、怒りのこもったまなざしが彼女をとらえる。「ぼくたちのベッドで寝たんだろう？」

「何もしてないったら！」ホープは叫んだ。「ほかの人に目を向けたことなんかないわ」

「忘れているようだな……ゆうべ、キャンベルを見ていたじゃないか」アンドレアスは陰険な口調になった。

感情が高ぶり、体が震えだす。ホープは壁に背中を押しあて、顔を上げた。「でも、あなたが言っているような意味で見ていたんじゃないわ」

「あいつは、ぼくにないどんなものを持っているんだ？　セックスがうまいのか？」ぶしつけな質問にホープは愕然《がくぜん》とした。「アンドレアス……」驚きのあまり、ぽかんと口が開く。

「彼のほうが工夫に富んでいるのか？　刺激的なのか？　変わっているのか？　ぼくがしないどんなことをするんだ？　ぼくでは満足できなかったのか？　教えてくれ、ぼくには知る権利がある」アンドレアスは身を乗りだした。嫉妬に燃える金色の目で彼女の官能的な唇を見つめる。

「あなたに話すことなんか何もないわ！」絶望的な思いでホープは叫んだ。

ぴりぴりするような緊迫感があたりに漂った。最初、ホープは緊迫感がどこから来ているのかわからなかった。下腹部が熱く重く、かすかに震える。期待に体がうずいているのだとわかると、ホープはぞっとした。

「そして今は……ぼくを欲しがっている」アンドレアスは満足そうに言うと、薄いローブの上からすでにはっきりとわかるほど硬く突き出た胸の先端を親指でこすった。

ホープは思わず息をのみ、背中を弓なりにした。全身が熱く敏感になる。自分が興奮しているのがわかり、彼女はうろたえた。「ええ、でも……」

「実際、ぼくを求めている」アンドレアスはかすれた声で言うと、両手を彼女のヒップまで下げ、乱暴に唇を重ねた。

熱くなっていた体がたちまち炎に包まれた。まるで陽光を浴びた蜂蜜《はちみつ》のように体がとろけ、アンドレアスの舌が侵入してくると、ホープはめくるめく興奮に身をゆだねた。アンドレアスは力強い腕に彼女を抱きあげ、寝室へ運んだ。むさぼるようにキスをしたまま彼女をベッドに下ろす。

同時に彼の手が離れ、興奮に包まれていたホープは彼を引き寄せようと肩にしがみついた。

アンドレアスはさも軽蔑したようにホープの腕から逃れ、体をまっすぐに起こした。高慢な顔つきで、冷ややかに彼女を見下ろす。「終わりだ。きみがキャンベルに触れた瞬間、終わったんだ。ぼくの愛人にはぼくのことだけを思っていてもらいたい」

顔から血の気が引き、ホープはさっとベッドの上に起きあがった。「わたしはあなたの愛人じゃないわ！　今も、これまでも」

入口に立ったアンドレアスは皮肉な笑い声をあげた。笑い声はまるで鞭《むち》のように、やわらかい彼女の肌を打ちすえた。「もちろんきみは愛人だった。ぼくにとって、ほかになんだというんだ？」

ホープは宙を見つめるばかりだった。これ以上アンドレアスを見ていることができなかった。廊下を歩いていく彼の足音に続き、ドアの閉まる音が響きわたった。終わった。彼は行ってしまった。みじんも残念がる様子を見せずに。わたしのことなどなんとも思っていなかったのだ。そう思うと、屈辱感と悲しみに体が引き裂かれそうだった。

4

ホープは泣いていたことをなんとかして隠そうと、アイシャドーを塗った。「笑うのよ……」鏡に映った悲しそうな顔に言い、下がった口元を上げる。

ヴァネッサのアパートメントの空いている部屋に移って七週間がたった。彼女は何かにつけて本当によくしてくれるが、不幸な人間がいると周囲の人間に気まずい思いをさせることはホープもわかっている。アンドレアスとの関係が終わったのだから一週間は悲しみに暮れてもしかたがないけれど、そのあとは前進しなくちゃ、とヴァネッサは言った。一週間たつと、ホープは、アンドレアスのことを乗り越え、元気にやっているふりをした。

ところが、元気なふりをするのは大変なストレスになった。吐き気が続いたのもストレスのせいだと思っていた。幸い、先月から吐き気はおさまってきた。むしょうにオリーブを食べたくなることを除けば、体調は悪くない。問題は精神状態だ。これまでずっと、アンドレアスが世界の中心だった。今は人生がホープの前に荒野のように広がっている。気持ちを切り替えるために、彼女は新しい事業を計画し、金融機関を訪ねて融資を受けようと全力を尽くしてきた。これまでのところ幸運には恵まれていないけれど、成功はすぐそばまで来ていると自分に言い聞かせる。その間、生活費を稼ぐために店で働いたり、工芸展でバッグを売ったりした。

「本当にお昼はいらないの?」キッチンにいるヴァネッサが声をかけてきた。

ホープは部屋から出た。「ええ、さっきちょっとつまんだから」食べる量が少ないと友人に叱《しか》られていたので、嘘《うそ》をつく。

ヴァネッサはよく食べるのに、ちっとも太らない。流行の先端をいくモダンな居間に入ってきた友人は、厚切りパンのサンドイッチを持っていた。「で、銀行との話はどうだったの?」

ホープは思わずたじろいだ。「いずれ連絡すると言われたけど、おとなしく待っているつもりはないわ」

「ベンに支援させればいいのに」ヴァネッサがいらだたしげに言う。「彼が買いつづけている馬券より、あなたの面白いバッグのほうが、賭《かけ》としてはずっとましなんだから」

ホープは経済的な支援をするというベンの申し出に感謝の気持ちをこめてほほ笑んだが、どこか顔がこわばっていた。アンドレアスに捨てられたことで何か学んだとしたら、常識を心にとめ、用心を怠らないということだった。「あまりいい考えとは思えないわ」

「どうして? これまで五つの銀行に融資を断られたんでしょう。ベンは使い道のないお金を持っていて、助けたくてしかたがないのに。わたしなら、ためらったりしないわ」

「ベンはあなたの従兄弟《いとこ》だもの。わたしとは立場が違うわよ」ホープは穏やかに答えた。

ただほど高くつくものはないという現実を、ホープはつらい思いで学んだ。アンドレアスの贅沢《ぜいたく》なアパートメントにただで住まわせてもらい、そのせいであとになって苦しむことになろうとは。完全な自立はあきらめ、アンドレアスを喜ばせようとしたために、彼の目から見れば〝囲い者〟になってしまった。その結果、彼はホープを対等な人間としてではなく、自分の所有物、愛人として見ていたのだ。今ではホープも、金持ちの男性が経済的に劣っている女性をどんな目で見るか、理解している。同時に、ベンの友情を大事だと思いはじめていたので、彼から借金して面倒な事態になるのは避けたかった。

ヴァネッサが笑っている。「もちろんよ。ベンはわたしを友達みたいに扱うけど、あなたとは関係を持ちたくてたまらないんだから。やっと彼がパーティ好きの女の子に飽きて、本物の女性に目覚めてくれて、うれしいわ」

「ベンがわたしにそんな感情を持っているとは思えないわ」ホープはとまどった。「好意を持ってくれているのはわかるけど。アンドレアスがわたしたちの仲を勘違いしたせいで、ベンはちょっと気がとがめているのね。その必要はないのに」

「違うわ」ヴァネッサはからかうように眉を上げた。「ベンはそんなにいい人間じゃないもの。アンドレアスを振りまわして、楽しんでいるだけ。わたしもベンも、彼のしたことは冷酷だと思っているわ。でも、ベンは心からあなたをなんとかしたいとも思っているのよ」

「わたしにはそうは思えないけど……彼は人をからかうのが好きなんだわ。ともかく、今はほかのことは何も考える気にならなくて」

ヴァネッサはいらだたしげに友人を見た。「ベンの興味もいつまで続くかわからないのに。アンドレアスはもう戻ってこないのよ、ホープ。彼は過去の人間なんだから」

ホープのなめらかな肌が赤くなった。「わかっているわ」

「わかってないわよ。わたしがどれだけ心配していると思っているの？　自分の小さな世界に閉じこもってないで、つらい現実と向きあいなさい」

「このところ、どれだけつらい現実と向きあってきたか」ホープは沈んだ声で言った。

「ねえ、話を戻すけど、アンドレアスはあなたがベンとベッドをともにしたと言って、あなたの話に耳を貸そうともしなかったんでしょう」

「彼は妹の言うことを信じたからよ。あれにはわたしも傷ついたけど、妹を信用したからといって、彼を憎むわけにはいかないわ」

「アンドレアスは変化を望んでいて、妹の嘘はちょうど都合がよかったんじゃないかと思うわ」

最後に会ったとき、アンドレアスがさらけだした激しい感情を思い出して、ホープは息ができなくなった。

「これを見て……」ヴァネッサがホープの前に新聞を置いた。ゴシップ欄が開かれ、ほっそりしたブロンドの美人と一緒にいるアンドレアスの写真が載っている。

　ホープはまるで息を吸う間もなくプールの水のなかに頭を沈められたような気がした。

「見たくないわ」声が震える。

「こんなことはしたくないけど、でも知っておいたほうがいいと思って……アンドレアスはロンドンやニューヨークでパーティに出まくっているわ。華やかなモデルや有名人と一緒に。彼は悲しんでなんかいないし、あなたのことを思って家に閉じこもったりしていないのよ」

「言いたいことはわかったわ……これでいい？」ホープは喉が締めつけられる思いがした。

「彼が悲しんでいるとは思ってないわ。ほかの男と関係を持ったと疑っている女性のことを悲しむ男性なんかいないもの。アンドレアスの自尊心が許さないでしょうし」

「ただ、もう彼に会うことはないという現実をわかってほしいだけなのよ」ヴァネッサは愛情をこめてホープの腕をつかんだ。「そのほうが早く立ち直れるわ」

　玄関のベルが鳴った。一瞬、ホープは目を閉じた。忍耐力と繊細さに欠けるヴァネッサの言葉は、ホープを絶望の海に投げだした。息をのむほど美しい女性を同伴したアンドレアスの姿を見ることが、どうして立ち直る助けになるというのだろう。

「ヴァネッサです……今までお会いしたことがないなんて驚きね。ホープはあなたがお見えになるとは思ってないんじゃないかしら」玄関に行ったヴァネッサが妙に大きな明るい声でしゃべっているのが聞こえる。「彼女は今起きたところなの。ひどく酔っているから、まともに話ができるかどうか。この一週間は毎晩遅くまで出歩いていたから！」

友人が立て続けにとんでもない嘘をつくのを聞いて、ホープはまつげを上げ、目に飛びこんできた光景に身をすくませた。動悸《どうき》が激しくなり、息を吸うのも苦しい。アンドレアスが部屋の戸口に立っていた。風のせいで黒髪はくしゃくしゃになっている。引きしまった褐色の顔、金色に光る目。どこを見ても胸が張り裂けそうだ。

「ありがとう」アンドレアスは穏やかに言うと部屋に入り、興味津々のヴァネッサの顔の前でドアをぴしゃりと閉めた。

「あ、あなたがここに来るとは、その、思ってもいなかったわ」ホープはしどろもどろになり、わかりきったことをしゃべっているのに気づいて顔をしかめた。

アンドレアスはホープの頰に涙のあとがかすかに残っているのを見た。彼女の目は相変わらず青緑色の輝きを放っているが、いつもの幸せそうな光はない。たちまちアンドレアスの冷たい攻撃的な気分がやわらいだ。ホープが惨めな気持ちでいるなら、それこそ彼女にふさわしい。彼を恋しく思い、愚かにも捨て去ったものを後悔しているなら、なおのこと。許しを請うつもりなら、さらに好ましい。

キッチンとつながっているほうのドアが開いて、ヴァネッサが顔をのぞかせた。「ホープ、一緒にいてあげましょうか？」

これでは、どう見ても助けの必要な子供だ。ホープは屈辱感を味わった。いまいましげな顔をしているアンドレアスを見て、ホープは身の縮む思いがした。「ありがとう、でも大丈夫。わたしの部屋に行くつもりだから」

「ばかなこと言わないで。そんな必要はないんだから！　そこを使ってくれていいのよ」ヴァネッサは怒ったような口調で言い、アンドレアスに敵意のある鋭いまなざしを向けた。

「助けがいるんじゃないかと思っただけよ」

「大丈夫」ヴァネッサのふるまいにホープは恥ずかしくなった。盗み聞きされないところでアンドレアスと話そうと、廊下に出るドアを開ける。「こっちへ来て」ホープは押し殺した声でアンドレアスをうながした。

「リムジンのなかで話そう」アンドレアスはホープの友人に冷ややかな視線を向けた。さしでがましい女性は鈍感にもホープの気持ちを傷つけている。

「いいえ、本当にその必要はないわ」

少なくともホープがひとつだけ嘘をついていなかったことが、アンドレアスにもわかった。アパートメントはベンが所有しているのかもしれないが、実際に住んでいるのはヴァネッサ・フィッツシモンズらしい。もちろん、キャンベルとの情事にアパートメントを定期的に使っていたことも考えられる。とはいうものの、時間がたった今、理性的にあれこれ考えあわせると、長期にわたってキャンベルとの関係が続いていたとは思えない。

妹の新居披露パーティに行った夜の直前まで、ホープはいつものようにほがらかだった。正直で率直な性格の彼女が、長いあいだ人を欺きつづけられるわけがない。あの夜だけ誘惑に負けたと考えるほうが、納得がいく。それに相手の男がホープの親友の親戚《しんせき》だという点についても、アンドレアスは疑念を感じていた。ヴァネッサに会う前から、彼女がホープとアンドレアスの関係を快く思っていないことを知っていた。ベン・キャンベルは、ホープに近づくよう、ヴァネッサにそそのかされたのではないだろうか？　キャンベルは友人のふりをしてホープの信頼をものにし、警戒心を解かせたのだろうか？　つまりホープははめられたわけか？

「ここよ……」散らかっていないことを祈りつつ、ホープは寝室のドアを開けた。どうしてアンドレアスはやってきたのだろう。ほとんどありえないけれど、もう一度やり直したいのかもしれないと思うと頭のなかが真っ白になる。

アンドレアスは鋭い目であたりを眺めまわし、十秒後には、引き出しから出ているチョコレートの包み紙に至るまで、目に見えるものすべてを頭に入れた。部屋には、ときおりでも男が過ごした形跡はない。それがわかったおかげで、緊張がゆるみ、警戒心が薄れた。ベッドを使っているのがひとりの人間なのは明らかだ。それも、ぬいぐるみの好きな人間だ。ホープが子供のころから大事にしていたみすぼらしい兎《うさぎ》のぬいぐるみと一緒に寝たがる男など、いるはずがない。

ホープがドアから離れると、いつも彼女が使っているハーブのシャンプーの匂《にお》いがした。淡いつややかなブロンドの髪がサテンの滝のように肩に広がっている。突然、あらゆる感覚が鋭くなり、アンドレアスはじっと彼女を見つめた。砂時計を思わせるすばらしい曲線がさらに際立ったように見えるけれど、気のせいだろうか。最近は細すぎる女性たちに囲まれていることを思い出し、思いがけないほど強烈な興奮と闘った。ほかの女性たちとの比較は、ホープをさらに官能的に見せるだけだった。ピンクのTシャツに包まれた豊かな胸のふくらみは、すばらしいとしか言いようがない。アンドレアスは白い歯をきしらせた。

「おかけになって」ホープは神経質そうに言い、椅子に置いてあった雑誌の束を床に下ろした。Tシャツの背中が数センチ上がり、白いクリームを思わせる肌がのぞく。

「いや、立ったままでいい……」ギリシア語訛《なまり》が強くなり、アンドレアスは両手を固く握りしめた。目の前のなめらかな肌に触れたくてたまらない。触れる以上のことをしたい。心配になるほど何週間も欲望を感じなかったのに、今はひどく興奮している。ホープをベッドに押し倒し、着ているものをはぎとって、ひとつになりたい。われを忘れて、深く激しく速く……ホープが与えてくれる恍惚《こうこつ》とした思いを味わうために。

欲望を抑え、誘惑に全身で抵抗しながら、アンドレアスは手を伸ばしても彼女に届かないところまで下がった。満たされない熱い渇望感をなんとか静め、ホープが絨毯《じゅうたん》の上に下ろした雑誌に注意を向ける。彼女は今もインテリア関係の雑誌に夢中になっているようだ。オーク材の梁《はり》がきしみ、時代遅れのキッチンやバスルームのある古い田舎家の写真を満載した雑誌に。彼女は家に夢中なのだ。その巣作りの本能は弱い男を怯《おび》えさせるだろう。アンドレアスは体よく無視してきたけれど、今頭のどこかで、なぜ彼女のために田舎家を買ってやらなかったんだとなじる声がした。木綿更紗《サラサ》のソファや塀に囲まれた庭に夢中になれる機会を与えてやれば、ホープはまだ彼のもとにいただろう。

「コーヒーは？」ホープはつぶやいた。緊張で口のなかがからからになる。彼の顔は日をそらすことができないほどハンサムだ。

かすかに色濃くなった褐色の頬がアンドレアスの高い頬骨を際立たせている。彼は黒いまつげを伏せた。「長居するつもりはない」

「本当に？　座ってくれればいいのに」気がつくと、ホープは自尊心も先のことを考えるのも忘れてしゃべっていた。「少しだけでも……」必死に聞こえないように願いながら、ぎくしゃくとつけ加える。

アンドレアスはまつげを上げ、燃えるような金色のまなざしを向けた。たちまち欲望と激しい怒りが彼をとらえた。もしもベッドに押し倒したら、彼女はノーと言うだろうか？ホープが彼を拒否したことはこれまで一度もなかったが。アンドレアスは危険な考えを抑えつけた。

「どうしているのか、ただ知りたくて……」新聞の写真で見たブロンド女性のことを思い出したせいで、ホープはたじろぎ、あわてて息を吸った。以前のようにおなかが平らではないことを気づかれただろうか。前はやけ食いをしても、腰や胸に目立たない程度につくくらいだったが、今はおなかにも贅肉がついている。

「ここに来た理由はひとつ。ほかに連絡のとりようがなかったからだ」アンドレアスはぞっとするほど冷ややかな声で言った。唇は固く結ばれ、欲望は抑えこまれている。「携帯電話はどうしたんだ？」

「壊れたの」

「ここの番号は電話帳に載っていない」

「どうして連絡をとりたかったの？」耐えがたいほど神経が張りつめてきた。

「きみのお兄さんがアパートメントの留守電にいくつか伝言を残している。来週、ロンドンに来るらしい。きみの携帯電話に連絡がつかないんで、心配しているようだ」

「ジョナサンが？　まあ……」失望感に襲われ、頬から血の気が引いていった。アンドレアスはごくありふれた理由で訪ねてきたのだ。それも彼とはなんの関係もない理由で。それにしても、突然、兄が連絡をとろうとしているとは、いったい何があったのかしら。ジョナサンから連絡があるのは、クリスマスのカードと、新年が明けてからかかってくる電話に限られている。ロンドンに来るとしたら、出張で来るのだろう。

「必ずお兄さんに連絡してくれ。アパートメントの電話はもうないから」

「どうして？」

「アパートメントは売りに出した」

ホープは頬をひっぱたかれた気がした。すべてが終わったということなのだ。二年間、彼女にとってあのアパートメントはわが家だった。今でも幸せな思い出の詰まった場所だ。心のどこかで、いつかアパートメントに戻るという希望をいだいていたことを思い知らされた。ほかの女性を住まわせていないとわかっても、慰めにはならない。

「もう必要じゃないの？」

アンドレアスは何も言わず、その話題を退けるように肩をすくめた。

目を上げたホープは、彼女の唇を見つめているアンドレアスのまなざしに気づいた。唇がうずき、湿り気が欲しくてたまらない。舌の先を唇に這《は》わせたとき、アンドレアスの金色の目が熱くなった。ふいに手をつかまれ、ホープは驚いてあえぎ声をもらした。

「ア、アンドレアス……」二人の体はわずかしか離れていない。

「ぼくをその気にさせようなんて安っぽいまねをするんじゃない」アンドレアスはホープを後ろへ押しやり、手を離した。

ホープは冷酷な拒絶に驚き、よろめいた。いつのまにか二人の距離は縮まっていた。わたしが無意識のうちに彼に近づいてしまったのだろうか？　それともアンドレアスのせいだろうか？　いずれにしても、こんな屈辱を受けたのは初めてだ。

「本当にそんなふうに思って……わたしはそんなことをするつもりなんか……」

「時間の無駄だ」アンドレアスはなめらかな口調で言った。「きみとは終わったんだ」

「その気にさせようなんて、思ってないわ」いわれのない攻撃にぞっとし、ホープは言い返した。困惑と同時に怒りがこみあげてくる。「まったくばかげているわ。あなたの気を引こうとするなんて、ありえないもの。こうして話をしてあげているだけでも、あなたは運がいいくらいよ！」

アンドレアスは傲慢《ごうまん》な顔を上げ、あざけるように笑った。ホープは彼を蹴《け》飛ばしたくなった。

「なぜだ？」

「まず、あなたはどんなことがあっても許せないほどわたしを侮辱したわ。間違った判断をし、してもいないことを理由に、わたしをほうりだした。パーティのあった夜、わたしはベン・キャンベルのことなんてほとんど知らなかったのに、あなたはわたしの話を聞こうともしなかった」抑えようのない悲痛な声でホープは責めたてた。「それを知って、ベンはわたしのためにあなたに弁明しに行くと言ってくれたのよ」

アンドレアスは顔をしかめた。「くだらない……今は、ぼくの所有物に手をつけなければよかったと思っているわけか？」

「わたしはあなたの所有物なんかじゃないわ！」もう我慢できなかった。「出ていって！」

ベンはホープの代わりにアンドレアスに話をしようと言ってくれたが、ベンをホープの個人的な問題に巻きこむのは不公平だし、おそらく役に立たないだろうと思った。今、ベンに関するアンドレアスのあざ笑うような言葉を聞いて、ホープの予想は確信に変わった。アンドレアスは妹の話を信じ、ほかの人間の話を聞こうともしない。妹の嘘をうのみにしている。何を言っても、彼の気持ちを変えることはできそうにない。

「喜んで」アンドレアスは戸口へ引き返し、ドアを開けた。

そこに出口をふさぐようにベン・キャンベルがいた。「大丈夫かい？」ベンはアンドレアスには見向きもせず、ホープに尋ねた。

ホープは涙があふれそうになった。二人の男性はすぐそばに並んで立っている。流行のジーンズをはいた金髪のハンサムなベンは、アンドレアスの隣にいると少年のように見える。だが、心配そうなまなざしがホープを元気づけてくれた。アンドレアスは、ベンがいるだけで不愉快だとでもいうように、軽蔑《けいべつ》のまなざしを向けている。

「あなたなんて大嫌い！」ホープはぴしゃりと言った。「こんなことは誰にも言った覚えがないし、こんなふうに感じたのも初めてだけど、でもあなたにひどい扱いを受けて、わたしは変わったのよ」

「ここまで来てホープを悲しませることはないだろう。ほうっておいてやれよ」ベンが言う。

アンドレアスのすばらしい目が炎のように燃えあがった。形のいい唇に満足そうな笑みを浮かべると、アンドレアスは一歩下がり、ベンを思いきり殴った。ベンの体は廊下に吹き飛び、壁に当たった。

「くそっ《テオス》……お返しだ」アンドレアスがうなり声をあげた。大きく強靱《きょうじん》な体はすぐにも攻撃をしかけそうに筋肉がみなぎっている。

「どうしてこんなまねをするの？」ホープは恐怖にあえいだ。アンドレアスの暴力に恐れをなし、自分が原因だということに自責の念をおぼえる。

「女性の前で血を流すのが嫌いでなかったら、彼を殺しているところだ」アンドレアスは恥ずかしげもなく言った。

ベンは顔をしかめ、うめき声とともに立ちあがった。怒りに顔を赤らめ、壁から離れる。だがアンドレアスを殴り返す前に、ホープが二人のあいだに割って入った。

「本当にごめんなさい。でも、彼と同じように自分を貶《おとし》めたりしないで」ホープは必死でベンに頼んだ。ベンが男のプライドをかけて戦っても、負けるに決まっている。

「しらけるね」アンドレアスは食いしばった歯のあいだからうなった。ホープがベンを守ろうとしたことに腹が立ったが、生来の強い意志と冷静さで怒りを抑えこんだ。

「しらけついでに、ご褒美はぼくがもらうよ」ベンはホープの手をつかみ、わざと挑発するようなことを言った。「ぼくなら誰も殴ったりしないでホープの心をつかめる」

「運がいいな。いつもなら酔っ払って殴ることもできないくせに」アンドレアスが嫌悪もあらわに言い返す。

ホープは二人の男性がいがみあっている様子に疲れはて、アパートメントから、そして彼女の人生からふたたび出ていくアンドレアスを見守った。彼は一度も振り返らず、何も言わなかった。ホープは打ちひしがれ、寒気がして体を震わせた。

ベンは悲しそうにため息をつき、ホープの手を放した。「あんなことを言うべきじゃなかったんだろうな。でも、アンドレアス・ニコライディスは傲慢なやつだ。誤解させるようなことを言わずにはいられなかった。ぼくたちが親密だと思わせておけばいいさ」

ホープは麻痺《まひ》したような唇に同意の笑みを浮かべようとした。ベンはホープに優しくしようとして殴られたのだ。二人が恋人同士だとほのめかすことで彼は面目を保ったかもしれないが、それはとりもなおさずアンドレアスが信じていることを裏づけただけだ。いずれにしろ、アンドレアスがなんと思おうと、どうでもいいけれど。

ヴァネッサの言ったとおり、わたしは現実から目をそむけていた。過去に生き、現実の問題を避けていた。もう未来と向きあい、アンドレアスが永遠に去っていったことを受け入れるときだ。彼は自由を謳歌《おうか》し、ほかの女性と楽しんでいる。引きしまった褐色の体が新聞に載っていたブロンドの女性を抱いているところを想像するだけで、平常心を失いそうになる。想像することが苦痛だとしても――というか、たしかに苦痛だったし、実際、あまりの苦痛に精神的なショックさえ感じている。けれど大事なのは、その苦痛と向きあうようにすることだ。

「わたしが何をしようと、アンドレアスにはもう関係ないんだから」ホープはつぶやき、ベンを好きになれるだろうかと考えた。彼が魅力的で気が利いていると思う女性は多い。アンドレアスと比べると、ベンのほうがずっとそばにいてくれる。もちろん、彼はパーティを頻繁に開くし、片やわたしは物静かな性格だ。けれど何が起こるかわからない。アンドレアスのためにどれだけ妥協したことがあるか、考えればいい……。

都会の騒々しい道路のそばで暮らすことなど、いつあこがれただろう？　愛情に応《こた》えてくれることも、約束してくれることもない男性を愛したいなんて、いつ思った？　アンドレアスは海外出張が多く、国内にいても忙しくてなかなか会えない。彼のために悲嘆に暮れたとしても、だからといって彼が完璧《かんぺき》だったということではない。

テレビのビジネスニュースを見ているとき、わたしが話しかけると、アンドレアスは驚くほど粗野なふるまいをした。欲望を満たすためなら平気でわたしを夜明けに起こした。バスタブのまわりにろうそくを置くと、火事になると言い、バレンタインデーを無視した。最初のクリスマスに贈ってくれたものはペンだった。宝石をはめこんだ純金のペンで、海のなかでも使用できるとはいえ、それでもペンだった。彼がギリシアでお祝いの季節を楽しんでいるあいだ、わたしはひとり残されていた。愛人のように扱われていたことに気づくまで、どうしてこんなに時間がかかったの？

アンドレアスはアパートメントに使用人を置かずに暮らすことに同意したが、まるで目に見えない使用人がいるような暮らしぶりだった。わたしは彼がほったらかしていたシャツやバスタオルを拾うように言ったこともなかった。一緒に暮らしている男性のためなら何ひとついとわない家庭的な女性のように料理をし、片づけ、洗濯をした。アンドレアスはそれに気づいたことも、意見を言うことも、褒めることもなかった。まったく家事をしないアンドレアスは、わたしがお茶をいれてほしいと頼むと、外に注文して持ってこさせたことがあった。涙がこみあげてくる。あんなに傲慢な男性のために二年間を無駄にしたと思うと、悔しくてしかたがない。彼はわたしの愛情を受ける資格などない。一日も早く彼のことを乗り越えよう。誰かと交際するのが、回復を早めるいちばんいい方法じゃないかしら。

ベンが自信にあふれた顔でホープを見た。「週末、ヴァネッサと一緒に田舎の家に来ないか。ほかにも大勢来るんだ。パーティを開いてもいい」

「単に友達として？」ホープは緊張し、息を吸った。二、三日、都会から抜けだせるのは魅力的な話だ。

「キスをする程度の友人さ」ベンはからかうような表情で答えたが、口調には真剣さがあった。

ホープはうろたえ、真っ赤になった。「ありがとう。でもやめておくわ。あなたのことはよく知らないから」

ホープが向きを変える前に、ベンは彼女の手をつかんだ。「まだぼくと一夜を過ごしてほしいとは思っていない」

ホープは完全にうろたえた。「そうなの？　だけど――」

「自分の評判は知っている。でも、きみとは時間をかけてつきあいたい」

ベンの視線を避けるようにしてホープはうなずいた。なんと言っていいかわからない。ベン・キャンベルであれ、ほかの誰であれ、親しくつきあいたいという気持ちになかなかなれない。だが、アンドレアスは二人の過去にためらいもなくドアを閉ざしてしまった。たぶんアンドレアスは彼女の気持ちなど少しも苦にならないのだろう。愛したことはなかったのだから。それだけは覚えておくべきだ。何もせずに、ただ自分を哀れんでも、少しも元気にならない。自分から楽しむようにすれば、楽しいことがやってくるかもしれない。

次の週、ホープは兄のジョナサンと夕食をともにするため、兄の泊まっているホテルに行った。会うのは二年ぶりだ。ジョナサンは新年に電話をかけてきても、自分の近況を報告するのに忙しく、ホープがアンドレアスのことを話す機会はなかった。だから、彼に捨てられたことを知らせる必要もないのが救いだ。静かなレストランの奥に兄のブロンドの髪を認め、ホープはめったにない機会を楽しもうと心に決めた。

「何かぼくに話すことはないかい？」ジョナサンは立ちあがりながら大げさに顔をしかめた。

「何かしら？」ホープはいぶかしげな表情を浮かべ、後ろに下がった。「ふざけてるの？」

「そんなに面白いことじゃないさ」深々とため息をつく。「おまえが歩いてくるのを見たとき、正直言って妊娠しているのかと思った。そろそろダイエットを始めてもいいんじゃないか？」

ホープは恥ずかしさに真っ赤になった。ジョナサンは、自分と同じように引きしまった体形でないと、口うるさく注意するタイプだった。兄嫁のショナが体育の教師ということもあって、兄夫婦も子供たちも驚くほど健康的な生活を送っている。ホープはしばらく前からバスルームの体重計に乗る勇気がなくなっていたが、兄のぶしつけな意見を聞かなくても、体重が増えていることには気づいていた。今のところ、衣装だんすのなかの服は大きめのサイズが合っている。

〝妊娠しているのかと思った〟だなんて、よくも言えたものだ。だけど本当にそんなに太っているのかしら？　涙が出そうになる。

「好き勝手にやっているからだろう。そろそろなんとかしないと」兄はずうずうしくも続けた。「正しいダイエットと運動で体形は変わる。ショナがフィットネスクラブの経営を始めたって言ったかな?」

「いいえ……」

「とても順調だ」その口ぶりはいかにも満足げだった。「ショナが気に入っているダイエットメニューのコピーを送らせるよ」

妊娠。ホープは物思いにふけった。新しいブラジャーを買わなければならなかったし、おなかがかなり丸みをおびてきた。体重の増え方もこれまでとは違う。それにオリーブをやたらと食べるようになった。妊娠するとそれまで食べなかったものを食べたくなる女性がいると、何かで読んだことがある。そういうあいまいな要素は別にして、最近、生理はどうなっていたかしら?

「会社はフル操業している。注文に追いつかないくらいだ」兄がうれしそうに続ける。

「ぼくたちはとてもうまくいっているよ」

「それはよかったわ」ホープは最後の生理がいつだったか思い出せず、呆然《ぼうぜん》とした。これまではとても規則的だったのに、ここ数カ月はそうでもない。ということは、妊娠している可能性があるの?

「ぼくに母さんの家を相続させてくれたことを恩に着るよ。絶対に忘れない。あのときは遺産が必要だったし、本当にうまく利用できた」

ホープは兄の話をなんとか聞いていた。不安で体が汗ばんでくる。妊娠したとしたら、アンドレアスと暮らしていたときだ。

「ホープ……」ジョナサンの声がした。

「ごめんなさい。どうしたのかしら、今日はちょっとぼんやりして」ホープは力なく謝った。「でも話はちゃんと聞いているから。あのお金を有益に使ってくれることはわかっていたわ」

「いや、あれ以来、ずっと気にかかっていたんだ。おまえにも同じ機会が与えられないと不公平じゃないかって。おまえは長いあいだ母さんの面倒を見て、教育や将来のことを犠牲にしたんだから」ジョナサンは誇らしげにホープの前に小切手を置いた。「相続した財産をおまえに返すことができるようになった。まだ事業をやりたいと思っているなら、現金は役に立つだろう」

ホープは小切手を見下ろし、ぽかんと口を開けた。兄には本当に驚かされる。テーブルの下でおなかのやわらかいふくらみに手を当て、妊娠しているかもしれないという思いに打ちのめされていた。けれど、今は兄がくれた多額の小切手に気持ちを集中しなければ。

「まあ、こんなに……」声が震える。

「新しい仕事を始めるなら、体調を万全にしておかないとな」ジョナサンが言った。「最優先すべきはダイエットだと思うよ」

5

アンドレアスがまず目にしたのは三つのハンドバッグの写真だった。ヴァネッサ・フィッツシモンズが撮った写真の一部で、週刊誌に連載されているものだ。黄緑色のバッグの縫い目に、黒地に銀色のホープのラベルがある。アンドレアスの目にはつまらない景品のように見えた。ヴァネッサが提案したのか、バッグはごつごつした岩の上に芸術品のように置かれている。アンドレアスの唇がゆがんだ。ぼくはどうしてこんなくだらないものを見ているんだ。

しかし次のページを開くと、川べりの岩の上に座っているホープの写真に目が釘《くぎ》づけになった。ほかにも女性の写真が何枚かあった。どれも社交の場でよく見知った顔だが、アンドレアスはホープしか見ていなかった。カラフルなジプシースタイルのトップの襟元からなめらかな喉がのぞき、顔に金色の陽光が当たって青緑色の目が輝いている。息をのむほど美しい。ホープの傍らにいる男を見て、アンドレアスの顎に力が入った。きざなキャンベルが、いかにも自分のものだと言わんばかりに彼女の肩に手をかけている。

アンドレアスのなかで怒りが燃えたぎった。何かを思いきり殴りつけたい。そうする代わりに、彼はタンブラーに酒をついだ。まだ朝の十時だというのに。働きすぎで神経がいらだっているのだろう。自分を律することができるアンドレアスにとって、怒りは無縁の存在だった。筋の通らない感情はすべて理性によって支配し、抑えることができる。酒を飲みほすと、アンドレアスはジョージ王朝風の暖炉にクリスタルのタンブラーを投げつけた。投げつけてから自分がしたことに気づいた。

診察室から出てきたホープの足はふらついていた。

立ちあがったヴァネッサがうめいた。「やっぱりそうだったのね。顔を見ればわかるわ」

ホープはうなずき、通りに出るまで何もしゃべらなかった。妊娠五カ月を過ぎていると言われ、すっかりショックを受けていた。「おかしいのは」外に出てからとまどったように口を開く。「妊娠している女性としては健康的な体重なんですって。太りすぎじゃないのよ。信じられる?」

「アンドレアス・ニコライディスに人生をめちゃくちゃにされてしまったわね」友人は腹立ちを隠そうともしない。「ベンとつきあいだして、自分の店を探しはじめたときになって、おなかが大きくなるなんて。どうしてそんなに不注意なの?」

ホープは顔を赤らめ、視線を落とした。不注意だったのは彼女ではなく、アンドレアスのほうだ。ホープは何種類かの避妊用ピルを試したが、体に合わず、彼女の健康を心配したアンドレアスが全面的に責任を持つと言ってくれたのだ。残念ながら、彼がその責任を忘れたことが少なくとも二、三度あった。ある種の避妊方法は衝動的な行為に水をさすし、アンドレアスはとても衝動的だった。思い返してホープは刺すような痛みをおぼえた。

「で、何カ月になるの？」ヴァネッサが尋ねた。

ホープは後ろめたそうに息を吸いこんだ。「もうすぐ六カ月ですって」

ヴァネッサは通りのまんなかで足を止め、ホープをまじまじと見た。「だけど、まだそんなにたっていないでしょう！」

「でもそうらしいわ……」

「どうして今まで気づかなかったの？」ヴァネッサは後ろに下がり、とまどったようにホープのおなかを見つめた。「お兄さんに勲章をあげなくちゃね。たしかに妊娠しているように見えるのに、誰も気づかなかったなんて！」

「ゆったりした服を着ていたからよ。それに、人は自分の見たいようにしか見ないもの」

妊娠したとき、ホープはとても忙しかったし、アンドレアスに夢中になっていたせいもあって、生理が止まっていることに気づかなかった。ほかの妊娠の兆候も見過ごしていた。これまで健康面で心配したことがなかったので、ちょっとしためまいや吐き気も気にせず、医者に行くほどのことはないと決めこんでいたのだ。そして、そのあとは悲しみのために自分の考えや感情以外のことはまったく見えなくなっていた。

「これからどうするの？」

「アンドレアスに話さなきゃ」

ヴァネッサは苦々しげな顔になった。「まずベンに知らせたら？」

ホープはその考えに乗らなかった。二カ月半ぶりにアンドレアスに電話をかけ、大事な話をしたいので会えないかとメッセージを残した。

三時間近くたって、アンドレアスから電話がかかってきた。「どういうことだ？」挨拶《あいさつ》もなしに彼は言った。

「会いたいの。電話では話せないことだから。今どこにいるの？」

すぐそばで女性の笑い声がし、低い親しげな声で話しているのが聞こえた。「イギリスだ。忙しい」アンドレアスの返事はそっけない。

ホープはぎゅっと目を閉じた。アンドレアスと話などしたくなかったし、不機嫌そうな声も聞きたくない。からかうような調子で彼に話しかける女性の声など、なおさら聞きたくない。

「明日の朝、アテネに飛ぶ」アンドレアスは冷ややかにつけ足した。「ぼくと話がしたければ、今しかない」

「どうしてもあなたと二人きりで会って話さなければならないの」ホープは硬い声で言い

返した。「わたし、そんなに大変なことをお願いしているとは思わないけど」

「そうかもしれないが、愉快なことじゃない」やわらかい肌をガラスで切られるような、鋭い口調だった。「要するに、きみに会いたくないんだ」

「五分間だけ会ってもらうために、許しを請わなければいけないの？」怒りと屈辱感に涙がこみあげそうになる。ここまでぶしつけな対応をされるとは思ってもいなかった。

「わかった。それほど言うなら、明日の朝七時にジムに来てくれ」その言葉とともに電話が切れた。

ホープは宙を見つめた。

これほど冷淡な男性に彼の子供を身ごもっていると告げなければいけないとは。アンドレアスは喜ばないに決まっている。一緒にいたときでも、喜ばなかっただろう。別れてからずいぶんたつ。二人の関係が終わって何週間もたってから、予想もしていなかった話を聞かされる男性は、いったいどういう態度に出るかしら？　ほとんど夜明けだと言ってもいい時間に、それもトレーニングをしているジムに来るよう言うなんて、どうしてそこまで残酷になれるの？　わたしが朝早くベッドから出るのが苦手なことを知っていながら。

アンドレアスは、広々とした施設のある会員制スポーツジムに週に何度か通っていた。自分のタウンハウスにもトレーニングルームを持っていたが、めったに使ったことはない。ジムではインストラクターがスパーリングの相手をしてくれるし、集中できるからというのがその理由らしい。

　ホープがジムの駐車場に止められたリムジンのそばを通ったとき、運転手が彼女に気づいて、ていねいに頭を下げた。話をするだけだから、場所はどこでもかまわないとホープは自分に言い聞かせた。アンドレアスのオフィスはもっとふさわしくないし、一度も招かれたことのないタウンハウスも居心地はよくなさそうだ。それに、ジムで会おうと言われたからといって、冷たくあしらわれていると考えるのはばかげている。アンドレアスは自由になる時間がほとんどないのだし、もう自分は彼の人生のなかで特別な存在ではないという現実を受け入れなければならない。

　受付にいた年輩の男性がホープに身分証の提示を求め、それからアンドレアスの居場所を教えてくれた。汗ばんだ手のひらを黒いロングコートにこすりつけ、ジムのスイングドアを押す。

　黒いボクシングショーツに黒いタンクトップ姿のアンドレアスはスピードボールを打つのに夢中で、ホープが入っていったことにも気づかない。ホープは彼がスポーツジムで何をしているのか、ずっと知りたくてたまらなかった。そういえば、大学でボクシングをしていたと話していたっけ。ホープはアンドレアスから目が離せなかった。筋肉質で引きしまった褐色のたくましい全身から男性的な力強さが発散されている。彼を見たり、一緒に過ごしたり、触れたり、おしゃべりしたりしたことが懐かしい。後ろめたい思いをせずに彼のことを考えられるあの喜びが懐かしい。

「アンドレアス……」

かすれた声はスピードボールの音に消されたと思ったのに、アンドレアスがふいに両手を下ろし、くるりと振り向いた。まるで全神経が彼女の到着を待ちかねていたようだ。黒い御影石《みかげいし》のような輝きを放つ目が濃いまつげの奥から見ている。

アンドレアスにとって厄介な瞬間だった。ジムを選んだのは用心したからだ。ホープがぐずぐず居座ったり、騒ぎたてたりしない最適な場所を選んだと思っていた。だが、ホープはゆったりした黒いコートを着て現れた。初めて会った日に、納屋で彼のコートを着ていた彼女を思い出させる。光沢のあるやわらかいブロンドの髪に、きらきらと輝く大きな目、キスしたくなるふっくらしたピンクの唇。それも今はベン・キャンベルのものだと思うと、体がこわばる。アンドレアスは気持ちが離れるような事実にしがみつき、欲望の兆しを抹殺してくれる冷ややかな攻撃性を歓迎した。

「それで……」ふたたび感情のない世界に戻り、極地の冬のように冷ややかな声を出す。

「ぼくにできることでもあるのか？」

「正確には、あなたがどうにかできることじゃないわ」奇妙にかすれた声に、ホープはわれながら嫌悪感をおぼえた。前置きなしに言うべきことを言うつもりだったのに、考えていたことをすっかり忘れてしまった。

アンドレアスはコートの下に何も着ていないホープを想像している自分に気づいた。これではまるで十代の若者だ。怒りに顔が赤らみ、美しい唇がゆがむ。彼女に影響されるとは気に入らない。「あまり時間がないんだ」ぶっきらぼうに言う。「まあ、ぼくの顔を見に来ただけかもしれないが」

「いいえ、あなたに話があって来たの。とても言いにくいことなんだけど」

「朝早いこんな時間に推理ゲームをする気分にはなれない」アンドレアスはグローブをとり、長い褐色の指を曲げた。

ホープは無理して力なくほほ笑んだ。「推理してもらいたいけど、とても思いつかないでしょうね。でも、あなたはいつも物事の暗い面ばかり見るから、ひょっとしたらわかるかもしれないわ」

アンドレアスはいらだたしげに彼女を見つめ、そっけなくつぶやいた。「どうしたんだ、きみはいつも単刀直入だったじゃないか」

「まだあなたがわたしを邪魔者としてではなく、ひとりの人間として見ていたときはね」

涙が出そうになり、ホープはぞっとした。

もう一度グローブをはめようとしたアンドレアスは動きを止め、問いかけるような鋭いまなざしを彼女に向けた。心臓がどきっと音をたて、汗がにじみ出る。「病気なのか？　それをぼくに言おうとしているのか？」

「いいえ……全然違うわ」とんでもない想像の飛躍に、ホープは驚いた。

アンドレアスは安堵《あんど》感に包まれ、大きく息を吸って、革のサンドバッグに近づいた。

「ぼくの忍耐が切れる前に話してくれ」

「わたし、妊娠しているの」

アンドレアスはサンドバッグから一メートル足らずのところで足を止めた。驚いて振り返ろうともしなかった。「冗談なら、趣味の悪い冗談だ。笑う気にもなれない」

「こんなことで冗談を言ったりしないわ」

アンドレアスはまだホープを見ることができなかった。すべての筋書きが読めたと思った。それはひどく後味の悪いものだった。無関心とよそよそしさというアンドレアスの心の壁を激しい怒りが打ちつけた。ホープはキャンベルを好きになった。アンドレアスはその事実を受け入れた。だがキャンベルが彼女を盗み、利用し、そして妊娠したのがわかって捨てたと思うと、ひどく腹が立った。自分が何を言いだすか確信がない。口を開けば、ホープに残酷な言葉をぶつけてしまうだろう。二人にとってはなんの益にも慰めにもならない。

どうしてホープはここまで愚かなんだ？　ぼくと暮らしているあいだに何も学ばなかったのか？　もちろん彼女の面倒を見るという点では、ぼくを信頼した。彼女が自分で用心する必要はなかった。ホープはぼくが保護していなければ、ピラニアのいる川で泳ぐ金魚ほどの生命力しかないのだ。彼女は誰彼なく信じてしまう。だがキャンベルを選んだのは大失敗だった。金は持っていても、彼は責任感のない甘やかされた幼稚なプレイボーイだ。

ホープが助けを求めて戻ってくるのは、それほど驚くことだろうか？　ぼくにどうしてほしいんだ？　助言？　金？　ふいにアンドレアスは彼女がコートを着ていることに感謝した。妊娠している証拠を目の当たりにしたくない。くそっ《テオス》……ホープのおなかのなかには、ほかの男の子供がいるのだ。そう思うと、嫌悪感がみなぎった。もっと強烈な感情はきっぱりと否定した。それは怒りと失望だった。キャンベルの少年のようなハンサムな顔を思い浮かべ、革のサンドバッグを殴りつけたが、まるで大きなハンマーで強打したような衝撃を受けた。

ホープは三メートルほど離れたところで麻痺《まひ》したように立ちつくし、失意のなかでアンドレアスを見つめていた。彼は腹を立て、なんとか自制心を保とうとしている。黙っているのは、間違ったことを言わないようにするためだろう。

アンドレアスはサンドバッグから下がり、グローブをはずした。汗ばんだ黒い髪を指でかきあげ、小声で毒づく。そして熱くなった体を冷ますため、肌着を脱いだ。

「シャワーを浴びたい」アンドレアスは食いしばった歯のあいだから言った。「さあ」

シャワールームまで一緒に行ってほしいのだろうか？　彼に頼まれれば、どこへでも行くだろう。これほど緊張した状況でも、アンドレアスと一緒にいられてホープはわくわくした。彼のあとについてシャワールームがついている贅沢《ぜいたく》な更衣室に入っていくと、彼女は子猫のように神経質になった。

「何も言わないの?」ホープはきつい口調で迫った。彼はもっと冷静に対処するべきなのに。

容赦ないまなざしに見据えられて喉の渇きをおぼえ、ホープはつばをのみこもうとしたが、できなかった。あわてて視線をそらす。

「とても驚いたことはわかるわ。わたしだって驚いたもの」ホープは緊張をはらんだ沈黙をなんとかせずにはいられなかった。「でも、現実的に考えようとしているの」

「それで?」

ホープはハンサムな顔をじっと見つめた。「この子は生まれる運命にあるのよ」

「よくもそんなおぞましい感傷的なことをぼくに言えるな!」はっきり聞きとれないほど、アンドレアスのギリシア語訛《なまり》が強くなった。

ホープは愕然《がくぜん》とした。アンドレアスは身をかがめて小さな冷蔵庫から水の入った瓶をとりだし、いかにも喉が渇いていたようにごくごくと飲んだ。褐色の喉とたくましい筋肉が動く。口元をぬぐう手が震えているのがホープにも見てとれた。彼も神経質になっているのだと思うと、ホープの体を愛情と共感が貫いた。

「帰ったほうがよさそうね。言うべきことは言ったし、あなたはひとりになってじっくり考えたいでしょうから」

「声を荒らげるつもりはなかった。座ってくれ」アンドレアスは言った。彼女が落とした爆弾を抱えて、ひとり残されるのはいやだ。

「シャワーを浴びたいんでしょう。帰るわ」ホープは落ち着かなげに答えた。

「座るんだ」アンドレアスは彼女の前を通り、更衣室のドアに鍵《かぎ》をかけた。「頼む……」

珍しくも懇願するような口調に、ホープの緊張が少しゆるんだ。「ここは暑いわ」彼女はコートのボタンをはずそうとした。

「脱ぐんじゃない！」まるで裸になって歩きまわるとホープに脅されたかのように、アンドレアスはどなった。

冷たいシャワーを浴びて緊張をやわらげたい。今にも冷静さを失いそうだ。彼女は子供を宿している。紳士ならそんな女性に対してかんしゃくを起こしたりしない。

「五分くれ。それからきみの話を聞くから」

ホープはコートを着たまま腰を下ろした。暑かったが、気分はよかった。アンドレアスは彼女といるためにドアに鍵をかけたのだ。彼女の言ったことを考える時間が必要なのだろう。彼が思いがけないことが嫌いなたちなのも知っている。彼は一度も子供に関して口にしたことがなかった。子供が嫌いなのかもしれない。嫌いでなくても、彼女の赤ん坊にはかかわりたくないのかもしれない。養子について考えるように言うだろうか。彼には自分の考えを言う権利はある。そしてホープは彼の考えが気に入らないかもしれない。

アンドレアスはボクシングショーツを脱ぎ、シャワーの下に立った。ホープは顔を赤らめて目をそらし、それからまた魅了されたようにひそかに視線を戻した。広い肩やたくましい胸から引きしまった腰、長く強靱《きょうじん》そうな腿まで、何もかもみごとだ。彼を目にするのが好きだった。けれどもうホープにその権利がないことも、アンドレアスが妊娠の知らせを聞いていかに動揺しているかもわかっている。涙が出そうになり、優雅な動作で体を拭《ふ》いている彼から目をそらした。いかに幸せだったか思い出し、いかに幸せがはかないものか理解した。

アンドレアスは紺色のスーツをすばやく身につけた。体にぴったり合ったすばらしい仕立てのスーツは今はやりのスタイルだった。洗練され、裕福で、華やかで、ひどく威圧的に見える。

「それで……ぼくにどうしてほしいんだ?」アンドレアスは穏やかに尋ね、ドアを開けて、ホープを先に通すよう後ろに下がった。

またしても緊張が高まった。「何もしてほしくないわ。何も期待していない。あなたに話しておかなければいけないと思っただけよ」

アンドレアスの美しい唇がぴくりと動いた。「少なくとも配慮には感謝するよ。ほかの人間から聞かされるのはいやなものだろうから。キャンベルの反応はどうだった?」

「ベン？」ホープは驚きながらも、長い脚でロビーを横切っていくアンドレアスに必死で歩調を合わせた。「彼はまだ知らないわ。どう言っていいかわからないもの……」

アンドレアスは黒い眉をひそめ、金色に輝く鋭い目で彼女を見下ろした。「じゃあ……真っ先にぼくに話そうと思ったのか？」

「ほかに誰がいるの？　その……これがベンにどんな関係があるというの？」

「彼は赤ん坊の父親だろう」

ホープは突然足を止め、アンドレアスを見上げた。彼の言葉が頭に浸透すると、唖然《あぜん》とした表情になった。「そんなふうに思っていたの？　ベンが父親ですって？　あんまりだわ！」彼女は腹立たしげに叫んだ。「よくもそんなふうに考えるわね。よくもそんな。がっかりさせて申し訳ないけど、赤ん坊ができた責任はあなたにあるのよ！」

アンドレアスは疑っているような耳ざわりな笑い声をあげた。「まさか……それでぼくに会いに来たのか？　ぼくに赤ん坊を押しつけようと？　いったい妊娠何カ月なんだ？　ぼくは何カ月も前にきみを捨てたんだぞ！」

彼が侮辱的な話を終えるころには、ホープの顔からすっかり血の気がうせていた。彼女はショックを受けたが、腹も立てていた。「人前であなたと口論するほど、自分を貶《おとし》めるつもりはないわ」声を抑えてはいたが、これまでアンドレアスが耳にしたこともないほど辛辣《しんらつ》な口調だった。「事実を伝えたから、これで義務は果たしたわ。でも、あなたの侮辱的な言葉は絶対に許さないから」

「きみの言ったことはばかげてる！」アンドレアスは低いうなり声をあげ、ホープの肘をつかんでリムジンへ連れていこうとした。「キャンベルは、いざとなったら本性を現して逃げだしたんだろう。だが、彼の代わりにぼくを非難するのは得策じゃない」

これほど激しい怒りにかられたことがあるだろうか。ホープは腕をつかんでいる彼の手をひっぱたき、数歩下がった。「あなたを愛したことが恥ずかしいわ。ベンを見下すようなまねはやめて」

アンドレアスのすばらしい金色の目が激しく燃えあがった。「よせよ」

「少なくともベンは、デートを申しこむ前にわたしを誘惑するようなまねはしなかったわ！　少なくとも彼が求めているのはガールフレンドで、愛人じゃないわ」声が甲高くなる。「おなかの赤ん坊がベンの子供だったらどんなによかったか。彼のほうがずっと思いやりを見せてくれたはずよ！」

「ホープ……」去っていく彼女の背中に向かってアンドレアスはいらだたしげな声をあげた。

「ほうっておいて……もう何も言わないで！」ホープは肩越しに叫んだ。甲高い声が人の注意を引いていることも気にならなかった。

6

アンドレアスが予定を変更し、土壇場で空港から引き返したのは、ここ数カ月で二度目だった。

引き返すしかなかった。ホープは困りはてているようだ。彼の手をひっぱたき、どなったのだ。それも興味深く見守っている大勢の人の前で。まるで人が変わったようだった。優しく控えめで楽天的なホープはめったに怒ったことがない。彼女があれほど変わったのはベン・キャンベルのせいだ。彼がホープの平静さを奪い、苦痛と混乱に陥れたのだ。

もちろん赤ん坊の父親はキャンベルに決まっている！　しかし、キャンベルは父親になることから逃げだし、ホープを窮地に立たせたのだろう。それが、どうしてぼくにかかわりがあるんだ？　なぜぼくはかかわろうとしているのか？　ホープが困っていて、ぼくに助けを求めたからだ。ほかに誰を頼りにできるというんだ？

アパートメントに戻ってきたホープは、バッグに服を乱雑に入れながらヴァネッサに尋ねた。「本当に別荘を使わせてもらっていいの？」

「気兼ねはいらないわ。母はジャージー島に行っているし、叔母は、つまりベンのお母さんだけど、小さな別荘なんか使わないから。風を通すことだけはしてちょうだい。だけど、今ロンドンを離れるのはいい案かしら?」

「静かな場所が欲しいの……じっくり考えないといけないから」

ヴァネッサは顔をしかめた。「赤ん坊をどうするかということじゃないわよね。あなたは赤ちゃんが大好きだもの、自分で育てるつもりなんでしょう。でも急に都会から離れるなんて、逃げだすみたいじゃない」

ホープは顔を上げた。「別荘には二、三日滞在するだけ。逃げるんじゃないわ。ただアンドレアスに会いたくないの」

「彼があなたを煩わせるとは思えないけど。あなたの態度からして、アンドレアスが今年の父親大賞を目指そうとすることはないでしょう?」ヴァネッサは好奇心を隠そうとしない。

「ベンが赤ん坊の父親だと思っているあいだはね」

ヴァネッサは驚き顔になった。「彼はベンがあなたを妊娠させたと思っているの?」

「そんな言い方しないで」

「今何カ月か、アンドレアスに話さなかったの?」

「ええ、彼はベンに責任があると言ったから、それで詳しい話をしないで帰ってきたの」

ホープは腹立たしげに答えた。「それに、ベンがいやがっているから赤ん坊をぼくに押しつけようとしているのか、と言ったのよ」

ヴァネッサは大げさに顔をしかめた。「誤解するにしても、とんでもない誤解のしかたね」

ホープは額にかかった淡いブロンドの髪を落ち着きなく指でかきあげた。「彼が妹を信用していることは理解しようとしたのよ。でも、もう無理だわ。たっぷりすぎるほど我慢したもの。赤ん坊のことはアンドレアスにも知る権利があると思ったんだけど、会わなければよかった」

ヴァネッサは訴えるように口元をゆがめた。「実はね、赤ん坊のことをベンに話したの……わかってる、わかってるわよ、よけいなお世話だって。でも昼食を一緒にとっているとき、ちょっと口をすべらせてしまって。ベンが気づいた以上、嘘《うそ》をつくわけにはいかないでしょう」

「まあ……嘘はつけないわね」しかし、ホープはヴァネッサがわざとベンに妊娠のことをもらしたのだと思った。わたしがベンを傷つけるようなことを言うかもしれないと心配したのだろうか？　それともアンドレアスが事実を知っているのにベンが知らないのは不公平だと考えたのか？　いずれにしろ、ヴァネッサは口出しすべきではなかったのだ。それでも、アンドレアスに話すだけでかなり動揺したことを思えば、ベンに直接話すという厄介な状況を避けられて、喜ぶべきかもしれない。ベンとデートをするようになって三週間しかたっていないけれど、彼にも知る権利はある。

「ベンはびっくりしていたわ」ヴァネッサはため息をつき、細い肩をすくめた。「彼はあなたに夢中なのに、どうしていいかわからないみたい」

「わたしだってばかじゃないんだから、ベンになんとかしてもらおうなんて思ってないわ」ホープはあえて笑った。「そんな男性がいる？」

「いるとしたら、特別な男性ね。でも、ベンにその心構えができているとは思えないわ」

「どうしてベンがそんな責任を負わなければいけないの？　あと一カ月もしたら、わたしはビヤ樽《だる》そっくりになるのよ」

玄関のベルが鳴った。

二人は黙りこんだ。

「たぶんあなたよ」ヴァネッサが言う。

ホープはバッグのファスナーを締め、顎を上げて玄関に向かった。

アンドレアスが立っていた。「入れてくれ」

「だめ」

「どうして？　きみの番犬がいるのか？」

「わたしの親友をそんなふうに言わないで」

「彼女がぼくを批判したことはないと言うのか？」アンドレアスの反論は鋭かった。

ホープは髪の生え際まで真っ赤になり、黙っておくのが賢明だと思った。だが、どんな批判に対してもいつも彼を弁護したものだと打ち明けそうになった。今は、揺るぎなかった忠誠心が恥ずかしい。結局、あの日、アンドレアスはわたしに誠実でなかったと思い知らされたのだから。彼にしてみれば、わたしがどんな許しがたいことでもすると信じるのは簡単だったに違いない。

わたしがベンとベッドをともにし、アンドレアスに隠れて関係を続けていたと。わたしが裏切り行為を隠すためにあらゆる嘘をついたと。わたしが自分の身を守るためにエリッサに関する卑劣な作り話をしたと、彼は信じたのだ。

「アンドレアス……どうしてここへ来たの？　もうあなたに話すことはないわ」

「きみのほうからぼくに近づいたんだ」

「ええ、そして言うべきことは言ったわ」緊張感にホープは青ざめ、ぎこちなく腕を組んだ。

「ぼくはろくに心の準備もできなかった」アンドレアスは話をそらし、アパートメントのなかに身を乗りだすようにした。「ヴァネッサ？」

とっさにホープは叫んだ。「どうして――」

ヴァネッサが玄関ホールに出てきた。

「いると思った。ホープと出かけてくる」

「出かけないわ」すかさずホープは反論した。「わたしは列車に乗るんだから」

「ぼくは今アテネにいるはずだった。その予定をきみにめちゃくちゃにされたんだ」アンドレアスの口調は断固としている。

ホープの決意も固かった。「あなたとはどこへも行かないし、話をするつもりもないわ」

「それはかまわない」声が穏やかになった。「喜んでひとりでしゃべるよ。ひたすら聞いてもらうのが好きだから」

「聞いている人もいないところでね」ヴァネッサが口をはさむ。

ヴァネッサがアンドレアスを狼狽《ろうばい》させたいと思っていたとしたら、彼に対する判断を間違っていたようだ。アンドレアスは自信たっぷりの笑い声をあげた。「けっこう」

彼の笑い声がホープの繊細な肌をナイフのように切り裂いた。アンドレアス・ニコライディスにとってホープの危機はこの程度のものなのだ。彼は赤ん坊が自分の子だと信じようとしない。ホープの苦境など気にするまでもないのだ。ホープはまじまじと彼を見た。見ていると、もう一度一緒に暮らしたいという思いが強くなるだけだった。それを乗り越えなければ。

「あなたの顔なんか見たくない……いっさいかかわりたくないわ」呼吸が不規則になる。

ホープは手を伸ばし、アンドレアスのハンサムな顔の前でゆっくりドアを閉めた。

「あなたがそんなことをするなんて！」ヴァネッサは驚きもあらわに目を見開いている。「彼はあなたの生涯の恋人で、崇拝の的だったのに！」

「もっと人を見る目を養わなくちゃ。これが初めの一歩よ」ホープはバッグをとりに寝室へ戻った。出血多量で死にそうな気分だ。ドアから飛びだし、忠実なペットのようにアンドレアスを追いかけていきたい。初めて彼にノーと言ったのだ。性に合わないことをするのは気持ちのいいものではない。ひどくつらかった。

四時間後、ホープはフィッツシモンズ家とキャンベル家が所有している絵のように美しい別荘の鍵《かぎ》を握りしめ、タクシーから降りた。別荘は緑の多い小道の先にあり、背の高い月桂樹《げっけいじゅ》の生け垣に囲まれていた。寝室が五部屋以上もあり、別荘というよりは立派な邸宅だ。

ホープが選んだ寝室からは裏庭が見渡せた。その向こうには蛇行する川と広々とした田園が広がっている。穏やかな静寂がすばらしい。列車は騒々しく、最初は席が空いていなかったので、ホープはすっかり疲れていた。

ここ数週間、眠っているあいだもいやな夢や心配事に悩まされた。ホープは服を脱ぎ、白いコットンのナイトドレスに着替えると、寝心地のよさそうなベッドにもぐりこんだ。

翌朝は元気をとり戻し、カーテンのあいだから陽光がさしこんでいるのを目にして、気分が高揚した。よく晴れた朝だった。ホープは明るい色のサマードレスに着替え、旺盛《おうせい》な食欲を満足させるため階下に下りていった。冷蔵庫に食料がたっぷり入っている。ヴァネッサに感謝しなければ。彼女は、別荘の管理をまかせている地元の女性と連絡をとってくれたらしい。

ホープは太陽がさんさんと降りそそぐ川のそばのテラスでトーストを食べ、そのあとオリーブを五個食べた。決めなければならないことがたくさんあった。けれど友人が言ったように、子供を自分で育てることは決めていた。兄からお金をもらったのが幸運だった。ただ使い道には迷う。今は家を購入するのがいちばん賢明だろう。

事業の計画はあとまわしにするしかない。妊娠したおかげで優先順位が変わった。経済的な危険はあまり冒したくない。手作りバッグを売るために事業を立ちあげ、人を二、三人雇うのは危険を伴う。おなかに赤ん坊を抱え、これからシングルマザーになる身には、あまりにも無謀な計画だ。

新しいバッグのアイデアにとり組んでいたとき、ベンがやってきた。夢中になっていたので、車の音に気づかなかったらしい。顔を上げると、家の角からベンが見つめていた。ホープはスケッチブックをわきに押しやり、緊張した面持ちで立ちあがった。ブロンドの髪をくしゃくしゃにして先をとがらせた流行のスタイルにし、緑色の目にいつもの真剣な光を宿したベンは、不良少年のような魅力を放っている。それにキスも下手ではない。ただ、彼を見ても胸が高鳴ることはなく、アンドレアスを目にしたときのように気分が悪くなるほど興奮することもなかった。

「会いに来なくてもよかったのに」ホープはぎこちなく言った。

「来たかったんだ」ベンは両手をポケットに突っこんだ。「赤ん坊の話はきみから聞きたかった」

「ヴァネッサが言う暇を与えてくれなかったのよ」ため息をつく。

「彼女がお節介なのは今に始まったことじゃないさ。きみの人生にぼくの居場所なんかないという気にさせられたよ」ベンは、不安にかられたホープの顔を悲しそうに見た。「ヴァネッサの話を聞いて驚かなかったとは言わない……打ちのめされた。だけど、これからもぼくたちは友達だからね」

　ホープは震える唇を引き結んだ。涙があふれ、笑い泣きしながらうめくように言う。

「ちょっとしたことですぐに涙が出てしまうの。恥ずかしいわ……お願い、気にしないで」

　ベンは慰めるようにホープの肩に腕をまわしたが、引き寄せようとはしなかった。「大変な一週間だったね。あまり自分に厳しくなるなよ。アンドレアスと交戦状態だって、ヴァネッサから聞いた。ぼくのせいだ」

「どうしてあなたのせいなの？」

「二カ月半前、ぼくはアンドレアスの誤解を解くことができたのに、何もしなかった。きみとつきあいたかったんだ。きみがギリシアの大物と一緒にいるかぎり、ぼくにチャンスはない。ぼくはその機会を利用した。それは認める」ベンはぶっきらぼうに言った。「でも、いくらぼくでも、きみが妊娠しているのに、混乱させつづけるようなまねはできない。なんとかしないと」

ベンはホープを村の古いパブへ連れていき、昼食をおごると言い張った。彼が思いがけず常識のあるところを見せたせいで、ホープは良心がとがめた。侮辱されたと感じてアンドレアスの面前でドアを閉め、彼と話すのを拒否したのは、分別のない大人げない態度だった。アンドレアスには当然の報いだし、それで少しは気がすんだにしても、大事な問題は解決していなかった。ベンが赤ん坊の父親だとアンドレアスに思わせたままにしておいてはいけない。誤解を生んだのはホープのせいではないけれど、ベンのためにも子供のためにもアンドレアスに真実を受け入れさせなければ。

その日の夕方、アンドレアスは馬力のあるランボルギーニをかや葺《ぶ》き屋根の別荘の前に止めた。

ヴァネッサを脅してホープの居場所を聞きだしたのだった。ホープに休息が必要なことはわかっているし、アテネでの一族の命名式にも出席できなかったが、自分のしていることとには満足していた。実際、気分がよくなってきたくらいだ。ホープには何も要求する権利はないし、思いやりを受ける権利もないけれど、怒りと嫌悪感はさておき、彼女が大丈夫かどうか確かめに来たのだ。

冷めたお湯のなかで眠りそうになっていたホープは、あわててバスタブから出たところだった。動物柄のタオルを体に巻き、寝室へ歩いていく。そのとき、優雅な銀色の車からアンドレアスが降り立つのが窓から見えた。そして玄関のノッカーが打ち鳴らされた。

「ああ、やだ……」ホープはちらりと鏡を見た。黄色のヘアバンドでひとつにまとめた髪は濡《ぬ》れてくしゃくしゃだし、顔は上気して濃いピンク色になっている。それに原色の厚手タオルを巻きつけた体形がすばらしく見えるはずがない。これが本当にわたしのおなかなの？　ホープは視線をそらし、見なければよかったと思った。無視するに限る。

アンドレアスは横顔もすてきだった。力強く生気にあふれた男性的な顔立ち。背が高くがっしりした体からエネルギーを発散している。ホープは髪をとめていたヘアバンドを引っ張り、もつれた髪を指でとかした。ノッカーがまた鳴った。留守だと思って帰ってしまうのではないかと不安になり、まるで足に羽が生えたように階段を駆けおりてドアを開ける。

濃いまつげの奥で暗く陰った目が細くなった。ホープの魅力的な唇からクリーム色の豊かな胸のふくらみへと視線が移動する。タオルをまとったピンクの象の行進と見えたとしても、アンドレアスの目の妨げにはならなかった。彼の目は金色に燃えた。

ホープは喉の渇きをおぼえた。「どうしてここがわかったの?」

「ヴァネッサが教えてくれた」

ホープは驚いた。「彼女が……話したの?」

「ぼくがきみのことを心配していると言ったら、気持ちがぐらついたようだ」

「よかった……あなたと話をしなければと思っていたの」ホープは静かな口調で言い、階段のほうへあとずさった。「居間で待っていてちょうだい。服を着てくるから」

「どうして?」アンドレアスは男性的な熱いまなざしで彼女のささいな動きまで追っている。

「ちゃんとした格好じゃないもの」じっと見つめられていると、まともに考えることもできない。

「ぼくが文句を言っているとでも?」

「そんな言い方しないで」ホープは懇願した。緊張が高まる。アンドレアスにこんなふうに話しかけてほしいのはわかっていた。今この瞬間、何よりも望んでいるのは彼にキスされることだ。

ホープがドアから離れると、窓辺の椅子にぞんざいに置かれたジャケットが見えた。アンドレアスの顎がこわばった。非難するような目でその代物を見る。「あれは誰のジャケットだ？　お父さん熊《ぐま》が置いていったのか?」

当惑ぎみにアンドレアスの視線を追ったホープは、ベンのジャケットを目にして、眉をひそめた。数時間前に帰ったベンがジャケットを忘れていったらしい。

「ホープ?」冷ややかな声がする。「あれは男物のジャケットだ」

ホープはごまかそうとした。事を荒だてないためにこんなにも嘘をつきたいと思ったのは、人生で初めてだ。デザイナーブランドの革のジャケットが高級品を好む年輩の庭師のものだと言ったら、信じてもらえるだろうか? 考えているあいだに、時間切れになった。

「キャンベルがここにいるのか?」アンドレアスが怒ったように言葉を投げつけた。「二階の寝室にいるのか?」

ホープは感情的になった。「いるはずないでしょう。でも、彼にはここにいる権利があるわ! 別荘を使っていいと言ってくれたのはヴァネッサだけど、ここは彼女の家族とベンのものなのよ」

アンドレアスが一歩前に進み出た。顔は石のようにこわばり、目は鋼鉄のごとく光っている。「いつキャンベルはここにいたんだ?」

「あなたに関係ないわ」声が震える。

黒い目がぎらついた。「関係があるようにしたのはきみだ。もしまだ彼とつきあっているのなら、説明してくれ!」

「あなたにベンのことを教えるつもりはないし、あなたにそんなことをきく権利はないわ」

「まだキャンベルと関係しているのなら、どうしてぼくに近づいた？」

ホープは頭を高く上げた。「赤ん坊はあなたの子だもの。ベンとはなんの関係もないわ。ベンを巻きこまないで」

「絵空事を言うな……きみとは数カ月前に終わったんだ。どうしてぼくの赤ん坊のはずがある！」怒りが炸裂《さくれつ》した。

稲妻が空を切り裂いたかのように、ホープはたじろいだ。「あと一週間で妊娠六カ月になるのよ。六カ月前、わたしはベン・キャンベルとはまだ会っていなかったわ」

アンドレアスは凍りついた。ホープを見る目はいぶかしげだ。「六カ月のはずがない」

「お医者さんの話では、女性のなかには……わたしのような体格の女性のなかには」ホープは慎重に言葉を選んだ。「最後の二カ月くらいになるまで妊娠しているように見えない人もいるって」

アンドレアスの褐色の顔から血の気が引いた。落ち着かなげに両手を握りしめ、その手を途中まで上げる。「妊娠六カ月だなんてありえない」声が低くなったが、彼が繰り返し言ったことで、かろうじて残っていたホープの自制心がこなごなになった。

「そうかしら？」怒りに頬が紅潮する。「あなたは大間違いをしているわ。わたしが母親になる責任が誰かにあるとしたら、それはあなたよ！」

「ぼく？　きみは、このめちゃくちゃな話をぼくのせいにするのか」

「どこがめちゃくちゃな話なの？　あなたがわたしを妊娠させたのよ。避妊に関して責任を持つと言ったのは誰？」失望と苦痛に怒り狂い、ホープはアンドレアスに向かって叫んだ。「何もかも安心してまかせていいと言ったのは誰なの？　そしてそれが自分に都合悪くなったら、気にもしなかったのは誰？　シャワールームで、バスルームの床で……あのリムジンのなかでも……」

アンドレアスの高い頬骨のあたりにゆっくりと赤みがさした。

「あんな危険を冒すなんて、どういうこと？　しかも何度も何度も。赤ん坊の父親はほかの男に違いないと繰り返し言うなんて、どういうこと？　あなたはなんでもすぐに忘れてしまうのね」

「いや……リムジンでのことは覚えている」アンドレアスは深く息を吸った。すばらしい金色の目は焦点が合っていない。眉間《みけん》にしわを寄せ、時間をさかのぼって思い出そうとしているようだ。「オスロから戻ってきたところだった……迎えに来てくれるよう、きみに電話をかけた……あのときのことは忘れようにも忘れられない」

ホープは爪が手のひらに食いこむほど強く手を握りしめた。「思い出していただけてうれしいわ」

できるだけ気づかれないよう、アンドレアスは彼女のおなかに目をやった。自分の赤ん坊。可能性はある。たぶんそうだろう。ショックだった。「妊娠六カ月なら、赤ん坊がぼくの子だという可能性が高いことはわかった」

「それはご親切に」

「でも子供が生まれたら、DNA検査をしたい」自分がお人よしだと思われないよう、アンドレアスはきっぱりと言い、ベン・キャンベルのジャケットに目をやった。彼と話をしないわけにはいかない。今の状況で、わずかでもキャンベルとの関係を受け入れるつもりはなかった。娘であれ息子であれ、ニコライディス家の子が、自分の初めての子が生まれるのだ。驚くほど事情が変わってきた。

DNA検査という言葉にホープはたじろぎ、青ざめた。彼はなんでも疑ってかかっている。彼女は傷つき、屈辱を受けた。「ご勝手に。でもその必要はないわ」

「きみとキャンベルの仲は今、どうなっている？」

「好きに推測すれば」

妊娠が原因でホープとキャンベルの関係が壊れたと思うと、アンドレアスの気持ちは高ぶった。全身を興奮が駆けめぐる。勝利の笑みが浮かびそうになるのを抑えなければいけないほどだ。「おなかにぼくの赤ん坊がいては、理想のガールフレンドの資格はないというわけか」

「ベンはわたしのことをそんなふうに見ていないわ。彼は友達よ」

「ぼくはきみの友人になりたいと思ったことはないね」アンドレアスは恥ずかしげもなく挑戦的なまなざしを向けた。「きみに、ぼくの腕のなかに、ぼくのそばに、ぼくのベッドにいてほしかった。友達だなんてくだらないことを言った覚えはない」

「わたしを愛人だと思っていることも言わなかったじゃない」

「レッテルは重要じゃないさ」アンドレアスは顎を尊大に上げた。「ぼくの愛人と呼ばれることを誇らしく思う女性はたくさんいるだろうが」

「でも、わたしが誇らしく思わないことは知っていたでしょう。だからあなたは、わたしたちの関係が終わるまで、一度だってわたしにその言葉を使わなかったのよ」

アンドレアスは優雅な身のこなしで玄関ホールを横切っていった。「もう文句を言うな。その必要はない。さしあたって赤ん坊はぼくの子だというきみの言葉を信じる」

ホープは大したことではないとでもいうようにさりげなく肩を動かしたが、アンドレアスがしぶしぶでも赤ん坊を自分の子だと認めたおかげで、内心ほっとしていた。

「どうして今まで妊娠していることに気づかなかったんだ?」

「兆候を見逃していたのよ。この数カ月、ほかのことで頭がいっぱいだったから」

濃い金色の目と目が合い、ホープはどきっとした。アンドレアスの口元に笑みが浮かんだが、そこに無情さはなかった。ホープの鼓動が速くなる。

「つらい思いをしただろう、かわいい人《ペティ・ムー》」

ホープはためらいがちにうなずいた。アンドレアスから注意を引きはがそうにも、彼の官能の魔力になんなく魅入られてしまう。熱い思いが体の奥からわきあがってくる。ずいぶん久しぶりのことだ。タオルの下で胸がさらにふくらみ、先端がはっきりわかるほど硬くなる。脚の付け根がうずき、ホープは恥ずかしさに頬を赤らめた。

「ぼくがきみに与える影響が気に入っている」アンドレアスはかすれた声で言った。「だけど、きみもぼくに同じことをしている」

「わたしが？」ホープは自制心を失った。指でアンドレアスの引きしまった頬に触れ、それから豊かな黒髪をもてあそぶ。懐かしい彼の匂《にお》いに酔いしれ、脚から力が抜けていく。

「どうして疑うんだ？」アンドレアスは身をかがめ、ホープの口のなかに舌を入れて、やわらかい下唇を愛撫《あいぶ》した。

喉の奥からうめき声がもれ、ホープは爪先立ちになって熱烈なキスを返した。アンドレアスが両腕に彼女を抱きあげ、階段を上っていく。

ホープは彼の豊かな黒髪を両手でつかんだ。喜びが全身を駆けめぐる。ベッドに下ろされると、早く触れてほしくて耐えられないほどだった。ベッドの傍らに立ったアンドレアスがジャケットとネクタイをとり、シャツを引きはがしながら、蹴《け》るようにして靴を脱ぐ。もどかしそうな彼の様子に、ホープはぞくぞくした。期待感が渦となって体の奥深くに突き進む。

「きみのせいでこんなにも熱くなっている」アンドレアスは飢えた虎《とら》のようにうめき、彼女に覆いかぶさった。

ホープは両腕を大きく広げた。タオルを引きはがされた瞬間、息をのみ、体を隠そうとした。丸みのある体がこれまで以上に丸みをおびていることを思い出し、彼に不快に思われるのではないかと怖くなる。

「ああ……」アンドレアスはふたたびうめき、豊満な胸を称《たた》えてホープの不安を消し去った。彼女をよく見ようと、組んでいる腕をほどかせる。

「目を閉じて……」ホープは懇願した。「おなかが大きくなっているから」

「すばらしい」称賛もあらわにアンドレアスの金色の目が輝く。「まるで異教の女神のようだ……すごくセクシーだ」

ホープの背中が少し弓なりになると、アンドレアスは親指で胸の頂を愛撫し、続いて巧みな唇で官能的に責めさいなんだ。ホープはすすり泣くような声をもらし、マットレスの上で腰を動かした。

「だけど……」急にアンドレアスは不安になり、彼女を見下ろした。「いいのかい？　愛しあっても大丈夫なのか？」

「大丈夫よ……問題ないわ……ああ、あなたが欲しくてたまらない」

アンドレアスがホープの敏感になった部分を見つけると、彼女は体をぴくりと動かし、もだえ、すばらしい興奮の高みへと理性を解き放った。彼の申し分ない愛撫に、全身が官能の頂点へと上りつめていく。アンドレアスはもう一度激しくキスをし、耐えられないほど彼女を興奮させた。

「お願い……お願い……」ホープは叫んだ。

アンドレアスはどんなに彼女を欲しているかギリシア語で言い、両手で彼女の顔を包んだ。力強く引きしまった彼の顔には欲望と、これまでにない激しさがあった。「優しくするよ」

彼は熱く潤ったホープのなかにゆっくりと確実に入っていき、彼女をわがものにした。ホープはたとえようのない喜びにわれを忘れた。体の芯《しん》がこれ以上耐えられなくなり、興奮がますます高まる。ホープはエクスタシーの波に身をゆだね、やがてすすり泣きはじめた。

けだるい体から喜びの波が引いていったのは、かなりたってからだった。ホープはふたたびアンドレアスと一緒にいる不思議な思いに胸がつまり、感きわまって、彼の肩に顔をうずめた。だが誘惑には勝てず、汗で湿った彼の肌にキスをし、彼をくすぐり、笑わせた。

大きく笑みを浮かべながらアンドレアスはホープを抱きしめ、彼女の髪から漂うさわやかなハーブの香りを吸いこんだ。すべてがうまくいっているような気分と満足感が戻ってきたのは何カ月ぶりだろう。女性らしい丸みをおびた彼女のやわらかいヒップに両手をすべらせる。以前は平らだったおなかのふくらみに触れるのはやめるべきか？　ホープはいやがるだろうか？　アンドレアスはあきらめ、彼女の頭のてっぺんにキスをした。そのときふと、ベン・キャンベルのジャケットが水中爆雷のように心に浮かんだ。

ホープはこのベッドでキャンベルと寝たのだろうか？　どう思う？　皮肉な心の声がからかうように問いかける。ベン・キャンベルの親戚《しんせき》が別荘を共有しているだって？　筋肉がこわばった。どうしてまたホープを信頼できるんだ？　あなたが父親だと言われると、男はどうしようもない。ＤＮＡ鑑定で赤ん坊がぼくの子ではないとわかっても、ホープは思い違いをしていたのだと弁解するだろうか？　いったい彼女は赤ん坊がぼくの子だと、どうやって確信を持てるんだ？　ぼくの子だと必死に願っているだけかもしれない。

たちまちアンドレアスの気分は急降下した。まるでこの数カ月のことがなかったとでもいうように彼女をベッドに誘いこんでしまった。だが、苦々しい裏切り行為の記憶は残っている。彼女のしたことをどうして許せるんだ？　許せる男たちがいることは知っている。嘘つきのずるい女に従属し、自分の知性や誇りを抑えつけてしまう悲しくも弱い男たち。しかし自分は違う。彼女に対する唯一の弱さは欲望だ。といっても、あれはセックスであって、なんらさしつかえない。自分が望むときにだけ彼女とベッドをともにすればいい。それなら害はない。だが許すことなどできるものか。

「荷物をまとめたら、一緒にロンドンへ帰るんだ」アンドレアスは体を起こした。「アパートメントの買い手がついたから、きみにはほかのところを探さなければならないが」

アンドレアスの冷ややかな態度に、ホープは頭から冷水を浴びせられた気がした。愛しあったあとの親密な時間をさっさと切りあげられて、ショックを受けた。悪夢が一掃され、以前のような関係に戻れると、本当に信じていたのだろうか？　どうしてまたベッドをともにしたのだろう。すばらしく幸せな関係だと勘違いしていたことを再認識させられただけだ。愛人という立場を受け入れるほど堕落するつもりはない。

「ダイヤモンドなんてどうでもいいわ」ホープはきっぱりと言った。

ベッドから離れかけていたアンドレアスが動きを止め、眉をひそめた。「なんだって？」

ホープはつらそうに彼を見た。「愛人はダイヤモンドをもらうんでしょうけど、わたしはお断りよ。一度だって欲しいと思ったことはないわ」

わけのわからないことには沈黙で応《こた》えるのがいちばんだとアンドレアスは思った。それに、今まで贈ったブレスレットのお守には最高級のダイヤモンドがほどこされていると言うべきときでもない。

「あのアパートメントであなたが食べたものは、すべてわたしが買ったのよ……つまり、あなたは囲われ者ということになるのかしら？」

ばかばかしい質問に、アンドレアスはさっと振り返った。「どういうことだ？」

「食料はすべてわたしが買っていたわ。あの共同生活に対するわたしのささやかな貢献

て？」

「いや、考えたこともなかった」アンドレアスは眉をひそめた。「きみが買っていただっ

よ」青緑色の目が光った。「でも、あなたは自分が買っていたと思っていたんでしょう」

「毒を盛ればよかったわ！」ホープは金切り声で叫ぶと、ナイトドレスをつかんで頭からかぶり、ベッドを下りて隣の部屋に消えた。

反対側のドアに鍵がかかる音が聞こえ、アンドレアスは声を殺して毒づいた。神の助けを求めるように天井を仰ぐ。ホープは幸せそのものに見えた。だが、表面的な穏やかさが当てにならないことは体験からわかっている。ホープは見るからに冷静だったのに、あっというまに激怒した。ぼくのせいか、それともキャンベルのせいか？　キャンベルに拒否されたから、ぼくを受け入れただけなのか？　今度ばかりは、どんなことでも当然だと思いこんではいけないと彼は自分に言い聞かせた。

ホープは洗面台の鏡に映る苦悩に満ちた顔を見ることができなかった。まるでふしだらな女のようにふるまってしまった。終わったあとの彼の冷ややかな態度がそれを裏づけている。自分がいやでたまらない。こんなふうにふるまっているかぎり、彼の尊敬は得られない。今度もやすやすとベッドに入ってしまった。どうしてアンドレアスはまたわたしを利用するような卑劣なまねができたの？　どうしてわたしはそれを許してしまうの？

アンドレアスを愛したことは忘れるべきだ。今は赤ん坊を第一に考えなければ。二度と

わたし彼の誘いに乗ってはだめ。事態を複雑にするだけだもの。今でもアンドレアスは、わたしがベンとベッドをともにしたと思っている。アンドレアスとの関係に将来はない。彼がわたしと深くかかわることはないだろう。こういう関係は失敗するし、子供を苦しめる結果になる。彼と愛しあったのは大きな間違いだった。二度と繰り返しはしない。

ホープは寝室に戻った。

アンドレアスは身づくろいをすませていた。くしゃくしゃの髪だけが、会議に出席していたわけではないことを物語っている。彼はホープの全身に視線を走らせた。「ぼくはきみをロンドンに連れて帰りたい。きみのいるべき場所に」

「ロンドンはわたしのいるべき場所じゃないわ。わたしはいつも田舎が好きだったし、チャンスがあれば田舎で暮らしたいと思ってるもの。ねえ……」本当の気持ちを隠そうと、ホープは冷ややかな態度を装った。「わたしたちはベッドをともにするべきじゃなかったのよ。すごく後悔しているわ」

「ベッドにいるときは後悔しなかったくせに」アンドレアスは吐き捨てるように言った。

「何が変わったんだ?」

「赤ん坊のために分別を持とうとしているのよ。あなたの愛人になりたくないし、こんな状態では子供にとって複雑な事態になるだけだわ。それをあなたはまるでわかっていないのね」

アンドレアスは怒りにくすぶる金色の目でホープを見つめた。彼女の言ったことを何も聞いていなかった。「キャンベルに関係があるんだな？」

たちまちホープは恐怖にかられた。「あなたはわたしが欲しいわけじゃないんだわ」

「いったいどういうことだ？」

「わたしをベンから引き離すことができると、証明したいだけなのよ。ええ、たしかにあなたならできるわ。わたしはあなたにノーと言えないから……でもわかっているわよ。わたしが心の平安を得るためには、あなたがどんなに危険な存在か」

アンドレアスはいらだたしげに彼女をにらみつけた。「まったくもってばかばかしい。きみはぼくの腕に飛びこんできたじゃないか……ぼくのもとに戻ってきたくせに」

屈辱感にホープは顔を赤らめ、声を押し殺して言った。「いいえ……あなたとセックスしただけよ」

アンドレアスは信じられない思いでまじまじと彼女を見た。「下品な言い方はするな」

「あなたはわたしとセックスした。それがあなたにとって特別なことだと言うの？」期待していると思われないよう、そっけない調子で言う。

アンドレアスは即答を避けた。「今は何も言うつもりはない。まだその時期じゃない」

ホープの胸に耐えがたいほどの悲しみがこみあげた。「わたしたちに未来はないわ」

「赤ん坊がぼくの子なら、これからのぼくの人生においてきみが果たすべき役割がある」

「舞台裏での役割という意味ね。都合のいい愛人だこと。赤ん坊が成長したとき、わたしは子供から軽蔑《けいべつ》されたくないわ。誰かと恋に落ちるチャンスがあるなら……そのチャンスをつかめるように自由でいたい」声が震える。「生涯ひとりで終わるなら、それはそれでかまわない。危険は覚悟のうえよ」

その瞬間、アンドレアスはホープが賭金《かけ》をつりあげたことを知った。彼に何も言わず勝手にルールを変えたのだ。彼がもっと賭金をはずむか、撤退するかだ。これまで恐喝に屈したことはない。乱れたベッドに目をやると、激しい怒りに全身を貫かれるような気がした。ほんの二年前、ホープは何も知らないバージンだった。だが今夜、彼と激しいセックスをしたあと、ほかの男がもっといい条件をさしだすかもしれないので、選択を保留しておくと言ったのだ。

「わかったと言ってちょうだい」ホープは張りつめた声で迫った。「できるだけいい母親になるようにしたいの」

「もちろんだとも。赤ん坊がぼくの子なら、喜んで認知するし、父親の役割も引き受ける」ニコライディス家に非嫡出子が出現することに、保守的なギリシアの親族がどんなに衝撃を受けるか、考えたくはない。「経費はすべてぼくが持つし、二人に金も送る。きみの将来は保証される。この取り決めはぼくたちの個人的なつながりとは別のものだ」

ホープは真っ青になり、苦痛を隠すために視線を落とした。「お金の話をしているんじゃないわ、アンドレアス」

「それはわかっている」目が冷ややかになり、セクシーな口は固く引き結ばれた。「だが、経済的な保証ははっきりさせておくつもりだ。きみと結婚する気はない。今も、これからも」

ホープは結婚の話をしているのでもなかった。二人のあいだの和解と、これからもなんらかのかかわりを維持するということを言葉で確認したいと願っていたのだ。しかしアンドレアスは、二人の関係がいずれ深まるかもしれないという可能性すら認めるつもりはないようだ。

「結婚のことも言ってないわ。愛人でもなく結婚でもない選択肢はあるでしょう」疲れているわりには、威厳のある声が出せた。「気を悪くしないでほしいんだけど、帰ってもらえないかしら。ひどく疲れたの。しばらく横になりたいわ」

遅まきながらホープの青白い顔に気づいたアンドレアスは、心配そうな表情で部屋を横切ると、彼女を抱きあげ、優しくベッドに下ろした。「ぼくと一緒にロンドンへ帰ろう。着替えなくていい。毛布でくるむから」

「大騒ぎしないで。どこへも行きたくないほど疲れているのよ」ホープは眠そうな声を出した。

「くそっ《テオス》……医者に診てもらったほうがいい」

「ばかなことを言わないで。妊娠しているだけなんだから」ホープはつぶやいたが、すでにまぶたが下がっていた。

アンドレアスはホープの健康体にいつも感心していた。彼女は病気になったことがない。そんなホープが夜の九時前にベッドに横になるとは、重病にかかったようなものだ。すっかり憔悴《しょうすい》し、透きとおった肌が彼女をいかにも弱々しく見せている。アンドレアスは自責の念にかられた。横向きになった彼女の体にシーツを引きあげて包むようにする。彼女にひどいストレスを与えてしまった。こんなことは今すぐやめなければ。

ベン・キャンベルの名前を持ちだして動揺させるようなこともしてはいけない。しかし今夜、ぼくはキャンベルの代わりだったのだろうか？　キャンベルは、彼女がぼくの子を妊娠していると知って逃げだしたのだ。きっと落胆したに違いない。ホープが先ほどの行為を単なるセックスだと言ったのは、ぼくが彼の代役だったからか？

携帯電話が鳴りだした。アンドレアスは部屋を出て、ドアを閉めた。

「どこにいるの？」いきなりエリッサの金切り声が鼓膜に突き刺さった。「帰ってきて、フィンレイをこらしめてちょうだい！」

アンドレアスは眉を上げたが、黙っていた。これまで妹夫婦の仲裁をするような間違いを犯したことはない。気性の激しいエリッサを相手にするのは厄介だ。フィンレイは美しい妻を熱烈に崇拝しているかもしれないが、お人よしではない。

「わたしたち、大変なんだから！」エリッサにしては珍しく泣きだした。「フィンレイが別れると言ってるのよ！」

数分後、電話を切ったアンドレアスは不機嫌な顔で寝室に戻った。

まつげをぱちぱちさせて目を開けたホープは眠そうな表情をしていた。「ごめんなさい……わたし、眠ってしまったのかしら？」

「一緒にロンドンへ帰ろう」アンドレアスは力強い口調でもう一度迫った。「きみをひとりにしておきたくない」

ホープは首を横に振り、枕《まくら》に深々と頭を沈めた。アンドレアスはふたたびシーツを引っ張り、彼女を抱きあげて車の助手席に乗せたいという思いと闘った。ホープが彼の言いなりになっていたときは穏やかな人生だった。今は、いやになるほど何もかもが闘いだ。

何か強みになるものが欲しい。田舎の家とか、ホープがひと目見て夢中になるものが。手がかりは、歴史的に重要な指定建造物、オーク材の梁《はり》、塀に囲まれた庭、たくさんのバスルーム。少なくともいい投資にはなる。一流の不動産会社に連絡して、条件を知らせておこう。

7

翌日、ホープは電話の音で目を覚ました。夢を見ていた。おなかのふくらんだイブニングドレスを着たホープは、広大な緑の芝生を優雅に横切り、まるで映画スターのようなアンドレアスのほうへ向かって歩いていた。ところが突然、待ちくたびれたアンドレアスが去っていった。ホープがどんなに必死で追いかけても、アンドレアスはどんどん離れていく。ホープは驚いて彼の名を呼びながらベッドに起きあがった。心臓がどきどきしていた。

電話をつかんだとき、てっきりアンドレアスだと思っていたので、ヴァネッサの声に、ホープはがっかりした。ヴァネッサはひどく興奮している。おかげで、話の内容を理解するのにしばらくかかった。ロンドンのファッションデザイナーがヴァネッサの撮ったホープのバッグの写真を見て感銘を受け、ぜひ直接本人に会って、作品をもっと見たいと言っているというのだ。

ホープはヴァネッサから聞いた番号に電話をかけ、デザイナーと会う約束をした。ベッドを出て、荷造りをし、列車に乗るためタクシーを呼ばなければならない。田舎での休暇は四十八時間も続かなかった。けれど自分のデザインしたバッグがファッション界の流行仕掛け人の注意を引いたと思うと、わくわくしてくる。

　別荘の鍵《かぎ》をかけようとしたとき、アンドレアスから最新の携帯電話が届けられた。ホープの好きなライラック色のとびきりかわいい代物で、あらゆる機能が備わっている。ほとんど使いそうにない機能ばかりだけれど、アンドレアスはすぐにも実演してみせるだろう。もちろん贈り物を受けとってはいけないとわかっていたが、彼から低い物憂げな声でしょっちゅう電話がかかっていたときのような連帯感が欲しくてたまらなかった。

　アンドレアスとストレスの少ない関係を作るのはいいことだ。たとえ一緒に暮らさなくても、もうすぐ二人は生まれてくる子の親になるのだ。おとといの夜、彼を拒んだのは性急だっただろうか。ホープは急いで弱気を抑えつけた。

　せっかく手に入れた平安をアンドレアスの出現によって乱されたことは否定できない。むなしさと悲しみを感じている自分に腹が立つ。アンドレアスがいなくても生きていくことを学ばなければ。これから仕事面で忙しくなるだろう。それこそホープに必要なことだった。

　新しい携帯電話が鳴った。

「はい」ホープは息を切らして答えた。

「ぼくだ」アンドレアスのくぐもったセクシーな声がホープの背筋を震わせた。

たちまち、彼のすばらしい唇の感触やベッドでの激しさがよみがえる。

「今夜は家族のことで用ができてしまった」アンドレアスはいかにも残念そうにため息をついた。「明日、会いたい」

ホープは大きく息を吸い、あまりにも早くイエスと言わないよう息を止めた。「いいわ……」考えているように思わせてゆっくり答える。

「家を買おうと思っているんだが、きみに助言してもらえるとありがたい」

ホープは卒倒しそうだった。アンドレアスが助言してほしいですって？　なんて光栄なの。それも大好きな家に関する助言だとは。彼は引っ越すのかしら。いずれにしても、意見を求められるのはすばらしい気分だし、自信がわいてくる。彼に敬意を払われている証拠だ……ささやかではあっても。ホープの人生に突然、華やかさと活気が戻ってきた。

「いったいどんな権利があって、フィンレイはロビーとトリストラムをお義母《かあ》さんのところへ連れていったのかしら？」エリッサがアンドレアスに同じ質問をしたのは、これが十回目だった。

「落ち着けよ。たぶんフィンレイはおまえのためを思ったんだろう」

フィンレイが息子たちを祖母の家に連れていくのは今日が初めてではない。だが今回にかぎってエリッサは大騒ぎしている。アンドレアスが妹の家にやってきて一時間近くたつのに、エリッサの夫が家を出た理由はまだ判然としなかった。

「どうしてフィンレイが出ていったのか、いい加減話してくれてもいいだろう」

「知るもんですか」エリッサはいらいらしている。

「理由があるはずだ」アンドレアスの口調は落ち着いていた。「フィンレイが子供たちを連れていったのが、どうしてそんなに心配なんだ?」

「彼はわたしに飽きたのよ……ほかに女がいるに決まってるわ。子供たちの監護権を得るために、わたしのことでばかばかしい嘘《うそ》をつくつもりかもしれない」兄の反応をうかがうように、エリッサは横目で見ている。

妹が同情を買おうとしていることはアンドレアスにもわかった。妹の言う嘘とは何か、はっきり聞きだす必要がある。

「どんな嘘なんだ、話してくれないか」優しくうながす。

エリッサは警戒するような目をアンドレアスに向けた。「フィンレイったら、わたしが母親として怠慢だって言うの。夜、子供たちを子守《ナニー》りに預けて出かけただけなのに」

「どれくらい預けたんだ?」

「週末にほんの数回……それに一度パリへ行ったときの一週間だけ」

妹にヒステリーを起こさせないよう、アンドレアスは如才なく言った。「フィンレイの心配は理解できるよ。子供たちを一緒に連れていくことはできなかったのか?」

「わたしはまだ二十五なのよ」エリッサは言い返した。「自分の人生を楽しむ権利はあるわ」

「いい生活を送っているじゃないか。さあ、どうしてフィンレイが出ていったのか教えてくれ」

エリッサは顎を上げた。「お説教なんか聞きたくない」声が弱々しい。「いいわ……わたし、浮気をしたの」

アンドレアスは心からショックを受けたが、なんとか偏見を持たずに話そうとした。

「相手の男を愛しているのか?」

いったん告白してしまうと、エリッサは先ほどまでの苦痛を忘れてしまったかのように、おどけた表情になった。「ただの浮気よ。フィンレイがあんなに騒ぎたてるなんて信じられない。ちょっとした浮気くらいで離婚だなんて」

「おまえがぼくの妻なら、そうするね」

「兄さんはギリシア人だから……参考にならないわ。フィンレイに分別を持つよう言ってちょうだい。兄さんのことは尊敬しているから、きっと聞いてくれるわ」

アンドレアスは嫌悪感でいっぱいになった。エリッサは自分の不貞を後悔している様子もない。「関係はいつから続いているんだ?」

エリッサは不機嫌な顔つきになった。「白状するしかないわね。どうせフィンレイから聞くでしょうから……浮気はこれが初めてじゃないわ」

アンドレアスは目の前の妹を信じられない思いで見つめた。

エリッサは唇をとがらせている。「だって、男性のほうがわたしに夢中になるんだもの」

アンドレアスは妹のうぬぼれが不快でたまらなかった。傷つきやすい幼い妹がすっかり大人になってしまったことを見過ごしていた。そして大人になった妹は好きではなかった。

「新居祝いのパーティの夜のことだが」アンドレアスはふいに気づいた、自分の妹が目撃者として信用できないのを。「あのとき、ホープがベン・キャンベルと一緒にいるところを見たと言ったな。あれは本当なのか？」

思いがけない話題の変化に、エリッサの顔が赤らんだ。「どうしてそんなことをきくの？」

「あの話は悪ふざけだったんだろう？」なんとしても真実を聞きだそうと、アンドレアスは面白がっているようなリラックスした表情を浮かべた。

エリッサは一瞬不安にかられたが、兄が笑みを浮かべたのを見て、緊張をゆるめた。

「よくわかったわね」

妹が事実を認めたことで、アンドレアスはほとんど言葉を失った。「どうしてなんだ？」

「自分を守るためよ。ある人とキスしているところを彼女に見られたから。彼女が誰かに話す前に、彼女の信用を落とすことにしたの」エリッサはさりげなく肩をすくめた。

アンドレアスの顔に冷ややかな非難の色が浮かんだ。「絶対におまえを許さない」

「わたしをだましたのね……」驚き青ざめたエリッサは、よろよろと立ちあがった。「ひどいわ！」

「おまえこそ、ホープにひどいことをしたじゃないか」

「わたしが彼女を好きになるなんて、これっぽっちも思っていなかったくせに」エリッサは腹立たしげに吐き捨てた。「兄さんはホープ・エヴァンズに会ってからというもの、全然わたしにかまってくれなくなった。いつも彼女と一緒で。あんな、どこの誰ともわからない下品な人間を家に連れてくるなんて、信じられない！」

「おまえには吐き気がしてくる」

アンドレアスはうんざりした気分で妹の家を出たが、リムジンには乗らなかった。しばらく新鮮な空気を吸いながら歩きたかった。ホープに対する妹の悪意ある攻撃や嫉妬《しっと》にはぞっとする。残酷な嘘や自責の念のなさを許すわけにはいかない。どうして妹の本性が見えなかったんだ？

エリッサは人から注目の的にならないと気がすまない性分だ。最近では、アンドレアスも妹の絶え間ない要求に我慢できなくなり、夫に助けてもらえと言ったことがある。妹が兄の私生活に興味を示さないのを不思議に思ったこともあった。おそらくホープとの関係が長く続いていることに怒っていたのだろう。なのに何も気づいていなかった。ホープを妹に紹介するという致命的な間違いまで犯した。ホープが妹の悪意の犠牲になったのは自分のせいだ。どうやって償えばいいんだ？

しばらくして、アンドレアスはホープに電話をかけた。「きみに会って話がしたい」

「どうして？」きみがいないと寂しい。ホープはそう言ってほしかった。

「きみと話しあわなければならないことがあるんだが、明日まで待てない。もう時間も遅いし……こっちに泊まればいい」

「タウンハウスに？」

「ああ」

「それならいいわ」ホープはできるだけさりげなく言った。「でも、あなたと一緒に過ごすわけにはいかないから……わたしの言っている意味、わかってもらえるわよね」

「車を迎えに行かせる」

出迎えた男性の使用人は、ジョージ王朝風の大きなタウンハウスの優雅な玄関広間にホープを招じ入れ、応接間に案内した。アンドレアスが深刻な顔で待っていた。

「何があったの？」すぐさまホープは尋ねた。

彼女の目に緊張の色が浮かんでいるのを見て、アンドレアスはその手をとった。「心配しなくていい。悪い話ではない」

「よかった」少し緊張がやわらいだ。ホープは彼の手のなかで震えていた手を引いた。今は、彼のくっきりした口元や顎に不精髭《ひげ》が生えはじめているのをとてもセクシーだと思ってはいけない。そう考えるだけで、顔が紅潮してくる。

アンドレアスは心配そうにホープをソファへ連れていった。「疲れているようだね」

妊娠している女性はセクシーではないのだろうとホープは思った。ほんの三カ月前なら、アンドレアスは男としての目的を達成するために彼女をソファへ連れていった。だが、今は彼女を休ませたがっている。

「今夜、とてもショックなことが判明した」ホープにはアンドレアスの顔がこわばって見えた。「たぶん知っているだろうが、エリッサは浮気をしていた。そしてもうひとつ。例の新居披露パーティの夜、きみがベン・キャンベルの腕のなかにいたという妹の話が嘘だったことも」

ホープは目を閉じ、大きく息を吸った。安堵《あんど》感にめまいがしそうだった。悪夢は終わったのだ。彼女が本当のことを話していたと、アンドレアスはようやくわかってくれたのだ。

「よかった。一生、ばかばかしい嘘を抱えて生きていかなきゃいけないのかと思ったわ」

「エリッサが本当に申し訳なく思っている、と言えればいいんだが。残念ながら、妹には良心が欠けているようだ」辛辣《しんらつ》な口調だった。「きみがぼくの人生にかかわっていることにエリッサが憤慨しているとは、今夜まで知らなかった」

「パーティで彼女から娼婦《しょうふ》だと言われたわ」思い出だすだけで身震いが走る。

アンドレアスはうめいた。「どうしてぼくに黙っていたんだ?」

「あなたが妹さんをどんなに愛しているか知っていたし、言えば、よけい彼女に嫌われるだけだもの。それに、妹さんの言葉よりわたしの言葉を信じてもらえるかどうか、わからなかったし……」ホープは下唇を噛《か》んだ。「あの晩、それが杞憂《きゆう》でないことがわかったわ」

アンドレアスは身をこわばらせた。「エリッサのことをわかっているつもりでいたが、理想化していたようだ。本当の妹は……甘やかされて、わがままで、心から人を愛することもできない」深々とため息がもれる。「ああ、妹のそんな性格を認めたくなかったんだ」

「妹さんを誇りに思っていたんだから……いいところしか見たくないのは当然よ。そのことであなたを責めたりしないわ」

アンドレアスはホープの顔を見つめた。「ずいぶん寛大なんだな」

「そうかしら。ただ公平でありたいだけよ」

「疑ってすまなかった、かわいい人《ベティ・ムー》。これまでのことをなんと謝ればいいか、わからない」アンドレアスは正直に言った。「それにしても、あの空白の一週間に腹が立ってしかたがない。パーティの少し前に、きみは二人の関係を不満に思っていると言っただろう。なんとも間の悪い偶然だった」

ホープは、彼がそんな見方をしていたとは思いもしなかった。

アンドレアスのハンサムな顔がいちだんとこわばった。「きみはもう、ぼくと一緒にいても幸せじゃないんだと思ってしまった。ほかの男性に慰めを求めることも大いにありうると」

「ええ、ありうるわね」一方でホープはアンドレアスにエリッサの話を少しは疑ってほしかった。けれど、アンドレアスがホープを誤解した理由については、かなり前に自分なりの結論を出している。ホープは温かい笑みを浮かべてつけ加えた。「ともかく、ベンとわたしのあいだに何もなかったことをわかってもらえて、うれしいわ」

「あの夜に関してはね」アンドレアスは言わずにいられなかった。その後キャンベルとのあいだに何かあったか、きく権利などないのはわかっていたが、知りたい欲求には抵抗できなかった。

金色の鋭いまなざしに緊張し、ホープは膝の上で組んだ手に視線を落とした。頬が赤くなる。ベンとのキスはどうということもなかったが、二人が共有したものは二人だけの秘密にしておいたほうがいいと思った。アンドレアスに知る権利はないのだ。彼が最近つきあった女性たちと何もなかったと信じられる？　いいえ、無理よ。彼が独り身の自由を謳《おう》歌《か》しているところを想像して、まんじりともできない夜が、何度あったことか。

ホープの白い肌が赤らんだのを見て、アンドレアスの心は沈んだ。自分がいかに理不尽かわかってはいるものの、どんなにつらい状況でも彼に対しては誠実だったと言ってほしかった。そんなことはありえないと理性が反論する。ホープの顔が赤らんだのは自分の行為を認めたことにほかならないと。彼女はキャンベルとベッドをともにしたのだ。もちろんそうに決まっている。

アンドレアスはややこしい問題を頭から追い払おうとした。彼は実際的な人間だった。起こったことはどうしようもないのだから。ホープにソフトドリンクを勧めたが断られ、アンドレアスは自分のグラスにウイスキーをついでぐっと飲んだ。

「誤解を解いておかなければと思うんだけど」ホープが不安そうな目をアンドレアスに向けた。

「誤解って……どんな？」

「ベンのことよ」

アンドレアスは身をすくませた。ホープは小さなつまらないことでもすべて正直に話すだろう。知りたい反面、知ったせいで苦しむのではないかという気もする。心の準備をするために彼は大きく息を吸った。「ホープ……」

「お願い、まずはわたしに話をさせて」ホープは申し訳なく思いながらも言った。「ベンはとても親切だったわ。彼はみんなが思っているよりずっといい人よ。それをわかってほしいの。あなたも彼のことを知れば、きっと好きになるわ……」

その瞬間、アンドレアスはデカンタのウイスキーをすべて飲みほし、感覚が麻痺《まひ》すればいいと願った。ホープは彼が思っていたよりもずっと洗練されたやり方で彼を苦しめようとしている。ベンのことを教えたがっている。ホープにとっては、誰もが親しい友人になるのだろう。だが小さな問題がひとつあった。アンドレアスはベン・キャンベルのことを思うと、この地球上から追いだしたくなるのだ。

「ベンはすばらしい友人だし、彼のことが好きよ」

「そいつはいいね」アンドレアスは食いしばった歯のあいだから言った。

「彼とはずっと友達でいたいの」

アンドレアスは肩をすくめた。こんな屈辱を甘んじて受け入れなければならないのか。だが間違いを犯したのはぼくだ。ぼくの子を身ごもっている彼女をひどい目にあわせてしまった。これは贖罪《しょくざい》なのだ。どんなに理屈に合わない要求や望みでも、ぼくが受け入れれば、ホープの不安はおさまり、すべては正常に戻るだろう。正常に。それこそアンドレアスが望んでいることだった。

「もちろんだとも……」

ホープはいぶかった。彼はどうしてこんなに緊張しているの？　今日はひとりで寝ると言ったことにいらだっているのかしら。絶対というわけではないのに。話しあう余地はあるし、誘惑だって受け入れる用意はある。禁止令を出したことでアンドレアスの感情を傷つけたのだろうか。だからウイスキーを流しこむように飲んだの？

「もうベッドに入ったほうがいい」出し抜けにアンドレアスが言った。「明日の朝は早い」

「まあ。まだ家のこともきいていないわ」

アンドレアスは廊下に出るドアを開けた。「それは明日にしよう」

ホープはあくびをこらえた。実のところ、とても疲れていた。「わたしのニュースもまだ話していなかったわ」階段を上りながら笑みがもれる。「なんだと思う？ わたし、ファッション界に見いだされたの。今日の午後、レオニー・ヴァーガスに会って、彼女の次のコレクションでバッグをデザインすることになったのよ！」

「それはすごい」アンドレアスはレオニー・ヴァーガスについて知っている情報を頭に思い浮かべた。彼の保守的な意見では、ヴァーガスは奇妙な服を着たとても変わった女性だが、流行に敏感な若者向けの服をデザインして大金持ちになったと記憶している。ホープは自分の市場を見つけることができたのだ。アンドレアスは満足するとともに、ほっとした。ヴァーガスは、おそらくトマトに似たバッグに大喜びするだろう。アンドレアスがいちばん心配したのは、ホープが傷つきやすく創造的な個性を否定されるような目にあうことだった。

「じゃあ明日……」ホープがささやいた。

アンドレアスは誘惑と闘った。ホープは近づかないようにと前もって言っていた。境界線を試すようなまねをするのはよくないだろう。だが、明日結婚を申しこみ、彼女の指に婚約指輪をはめたら、境界線をとり払えるに違いない。赤ん坊のことを考えて優しく。明日のためにもう二つほど手はずを整えておく必要がある。

ホープは美しい装飾がほどこされた客用の寝室を眺めた。とうとう彼のタウンハウスに足を踏み入れたのだ。障害物を乗り越えたのだ。けれど、二年間も慎重に遠ざけられていたことを忘れはしない。

彼に捨てられてから、ホープはつらい教訓を学んだ。アンドレアスは彼女をずっと愛人だと見なしてきたし、これからも見方が変わることはないだろう。今は妊娠のせいで障害がいくつかなくなったが、またもとどおりになるかもしれない。わたしはアンドレアスに対して弱く、彼の出方しだいでどうにでも変わってしまうけれど、分別を持って、彼との距離を保っておくべきだ。

アンドレアスから家について意見を聞きたいと言われたものの、何が待ち受けているのかホープには見当もつかなかった。アンドレアスが関心を持つとしたら、オフィスに近い市街地の物件くらいだろう。だがヘリコプターに乗せられ、目的地はロンドン郊外だと言われて、謎《なぞ》めいた話にホープは驚きを隠せなかった。

ヘリコプターがナイトミア・コートに到着したとき、アンドレアスは成功間違いなしと確信した。候補に上った田舎の屋敷は六軒あり、そのなかから選んだナイトミアは望ましい特質のすべてを備えていた。ホープは窓の外を眺め、呆然《ぼうぜん》としている。

「まあ……」彼女はアンドレアスに抱きかかえられるようにしてヘリコプターから降りた。

アンドレアスはまず広大な敷地をざっと見せてまわった。装飾庭園や、塀に囲まれた庭があり、広い敷地には血統書つきの羊の群れまでいる。鳩《はと》小屋や時計台、それに遠くには湖が見える。アンドレアスが選んだのは、歴史的な特徴が数多く残っている屋敷だった。

「敷地はかなり広いけど、これからもすばらしい景観が変わることはない」アンドレアスは美しいパンフレットを隅々まで読みこんでいた。

ホープは目をしばたたいた。いったいアンドレアスにどういう心境の変化が起こったのかしら。これまで彼が田舎の生活に興味を示したことはなかったし、都会でも住まいの環境には無関心だった。彼が当然のように思っている贅沢《ぜいたく》な快適さと設備とプライバシーさえ確保できれば、ほかはまったく気にしていなかったのに。

角を曲がったとき、チューダー様式の領主館《マナーハウス》の正面がホープの目に飛びこんできた。「まあ……」落ち着いた煉瓦《れんが》の色と陽光に照らされて輝く格子窓が美しい。「なんてきれいなの」

「なかに入って想像力を発揮してくれ」アンドレアスは、入口でドアを大きく開けている老人にうなずいた。「ナイトミアは三年間、誰も住んでいなかったんだが、ずいぶん修復されている」

「もともとは特別な家族が所有していたものなんでしょう？」

「ああ。年輩の独身女性が家系の最後だったようだ。外国のビジネスマンが買いとったのに、修理が思ったより長くかかりすぎて、一度も住んだことはないらしい。今、彼は海外に引っ越して、ここを売りに出したというわけだ」

「ロンドンの中心部から遠すぎないかしら？」

「ヘリコプターを使うさ」

ホープはとまどった。「こんな家にあなたが興味を持つとは思わなかった。ホテルかアパートメントにするのかと思ったわ」

「いや」

「じゃあ、もしもここを買ったら、本当にここがあなたの家になるの？」

「田舎の家として大半の時間を過ごすつもりだ。広い空間が欲しいんだ」

「たしかに空間はたっぷりあるわね。大きな家だもの。寝室はいくつあるの？」

「十以上ある」アンドレアスはさりげなく肩をすくめた。「でも家族や親戚《しんせき》が多いから、何か特別なときには、すぐにいっぱいになる」

ホープは、鏡板を張った壁や頭上の巨大なオーク材の梁《はり》、精巧な細工の暖炉を見まわした。暖炉には十六世紀の製造年月日が彫られている。「ここは大ホールだったのね。古いけど、保存状態はすばらしいわ」畏怖《いふ》の念に打たれたようにささやく。

すっかり魅了された彼女の横顔を見て、これで決まりだとアンドレアスは思った。ホープは期待どおりの反応を見せている。彼女の気の向くままに屋敷のなかを歩きまわらせ、ますます魅了されていく様子を彼は眺めた。広々としたキッチンに昔の状態を保っている一角があり、ホープをうっとりさせた。贅沢なバスルームには彼女は言葉もなかった。

アンドレアスは中庭を通って外へ彼女を連れだした。「ここを買ったほうがいいだろうか？」その口ぶりには自信がみなぎっている。

「ええ、もちろんよ……すばらしいわ」ホープは夢見心地でつぶやいた。

アンドレアスは錬鉄製の門を開け、初夏のばらが咲き乱れる庭に入っていった。「目を閉じて。びっくりさせることがあるんだ」

ホープは言われるままに目を閉じ、アンドレアスの指示で目を開けた。よく手入れされた草の上に上品な縞《しま》模様の敷物が敷かれ、その上に座り心地のよさそうなクッションが積み重ねてあった。時代がかったキャンバス地の天蓋《てんがい》が陽光をさえぎり、ナプキンの入ったバスケットにワインクーラー、クリスタルグラスまで並べられている。これこそニコライディス家のピクニックなのだろう。まるで雑誌のなかから抜けだしてきたようだ。

ホープは満面に笑みを浮かべた。「ああ、なんてすてきなの。本当にびっくりしたわ」

「きみのために何か特別なことをしたかったんだ、かわいい人《ベティ・ムー》」

ホープの携帯電話が鳴りだした。電源を切っておくのだったと思いながらとりだすと、かけてきたのはベンだった。ホープはとまどったように頬を赤らめ、半分後ろを向いて答えた。「ベン……」

ベンは、レオニー・ヴァーガスから仕事の依頼があったお祝いを言うために電話をかけてくれたのだった。

「ぼくのことは気にしないでいい」アンドレアスがそっけなく言う。

「あとでかけ直していいかしら？」ホープはささやき声で言ったつもりだったが、自分の耳には叫び声のように聞こえた。「本当にごめんなさい。でも今は話していられないの」

彼女が電話を切ったあと、沈黙が敵意でふくれあがった。アンドレアスはひどく腹を立てていた。キャンベルのやつ、最悪のタイミングで電話をかけてくるとは。こういうことも受け入れなければいけないのだろうか？　昔のボーイフレンドがつきまとっていいのか？　ホープが誰とでも親しくすることを思い出し、なんとか怒りを抑えようとしたが、アンドレアスにはひと苦労だった。

「さあ、食事だ」

バスケットにはごちそうがたっぷり入っていた。ホープはジュースを飲み、これ以上食べられないほど食べ、レオニー・ヴァーガスのことを話してアンドレアスを笑わせた。積み重ねられたクッションにもたれて、精悍《せいかん》な彼の顔を見つめる。

アンドレアスは彼女に手を伸ばした。「こっちへおいで……」かすれた声で言う。

禁じられた興奮にホープの体が震えた。一瞬ためらってから彼の手をとる。

アンドレアスは彼女を引き寄せ、きらきら輝く金色の目で見つめた。「結婚しよう。そしてナイトミアをぼくたちの家にするんだ」

8

　ホープは喉がからからになった。衝撃が全身を駆け抜ける。固く目を閉じ、プロポーズされた喜びをつかの間味わった。これ以上の望みはないけれど、彼がきちんとした言葉を口にするまでは、イエスと答えるわけにいかない。

「どうして？　どうしてわたしに結婚を申しこんだの？」

　アンドレアスは眉根を寄せた。「わかりきっているだろう？」

　失望感が貫き、ホープは目を開けた。「赤ん坊のことを考えているのね」

「もちろんだとも。ぼくの知るかぎり、ニコライディス家の人間で正式な夫婦以外から生まれた者はいない」アンドレアスは誇らしげだ。

　彼が結婚を申しこむ理由のひとつは、わたしが妊娠したから。ホープは悲痛な思いで認めた。二つ目は慣例を守りたいから。

「わたしとは絶対に結婚しないと言ったのは、たった二日前よ」

「きみに裏切られたと思っていたからだよ」アンドレアスは困惑した様子もない。「できるだけ早くひっそりと式を挙げて、あとで大々的なパーティを開こう。どう思う?」

ホープは彼の手からゆっくり手を引き抜いて、座り直した。「わたしの答えは気に入ってもらえないと思うわ」

アンドレアスは意味をとり違えた。「もっと伝統的な式を挙げたいなら、かまわないよ。好きなだけフリルをつければいい。大事なのは赤ん坊が生まれる前に式を挙げることだから」

ホープは体をまっすぐに起こした。「答えは……ノーよ」

「なんだって?」アンドレアスは断られるとは思ってもいなかったようだ。

「この家も大好き、ピクニックも大好き……」あなたのことも愛している、とホープは心のなかでつけ加えた。「でも残念ながら、あなたはまともな理由でわたしとの結婚を望んでいるわけじゃないもの」

アンドレアスは驚いて体を起こした。「まともな理由とはなんだ?」

「あなたがわかっていないのに、わたしから言ってもしかたがないわ」

「まだ選択肢を持っていたいのか? そういうことなのか?」

ホープは眉をひそめた。「いったい何を言おうとしているの?」

「それとも、きみではなく妹を信用したぼくを罰しているのか?」

ホープはまじまじとアンドレアスを見た。「そんなこと、するものですか。だけど残念ながら、あなたは自分の自由をとり戻したくて、喜んでエリッサの嘘《うそ》を信じたのよね」

「ぼくはずっと自由だ。自分の意思できみといることを選んだんだ！」

「そして、わたしが二年間一緒にいたことをあなたに思い出させたとき、あなたはお祝いする気分にならなかった」ため息をつく。「あなたにはわたしと深くかかわるつもりはなかったわ」

アンドレアスは白い歯をきしらせた。「あれから何もかも変わったんだ」

「ええ。でも妊娠したからといって、わたしの指に結婚指輪をはめる必要を感じないで」

「ぼくなしでどうやって生きていくつもりだ？」

ホープは彼の言葉に青ざめた。「結婚しなければ、二人の仲は終わりだと言ってるの？」

二人のあいだに火花が散った。

「そんなことは言ってない。どういう状況だろうと、ぼくの子を身ごもっている女性を見捨てたら、ぼくは本当のろくでなしだ」

「まあ。あなたがそんな人じゃないことは、わかっているわ」ホープは崖《がけ》っぷちに立っているような気がした。気をつけないと、谷底に転がり落ちて何もかも失ってしまう。わたしはばかなことをしているのだろうか？　愛してもくれない男性と便宜上の結婚をすべきなの？　あるいは、結婚して後悔するはめになるのを恐れているのかしら？

必死で自問しているあいだに、ホープは人生最大の間違いを犯した。アンドレアスの腕に抱かれてしまったのだ。

「ぼくはきみを幸せにしたことがある……もう一度幸せにできる」

「ええ、でも……」

「くそっ、こんな情熱をほかの男と見つけてみるといい！」アンドレアスは頭を下げ、嵐《テオス》のような激しさでホープのふっくらした唇に唇を重ねた。彼の唇は温かく、すばらしい味がした。いくらキスしても足りない。

ホープは息を切らし、震えながら、ジャケットに包まれた彼の肩をつかんで引き寄せた。ほかの男性など見つけたくない。ひとりになりたくない。

「アンドレアス……」訴えかけるように彼の目を見る。「誤解しないで。あなたの愛人になると言っているんじゃないわ。でも、結婚しないで一緒に暮らすことはできないかしら？」

アンドレアスにとっては、とても幸せと思える提案ではなかった。練りに練った計画が思いがけなく頓挫《とんざ》してしまった。彼にしては珍しく、自分の失敗にうろたえた。

彼女を急《せ》かしすぎたのだろうか？　アンドレアスはつねに電光石火のごとく決断を下してきたが、彼女は違う。とはいえ、かつてホープは彼の決断をいじらしいほど信頼していたことがあった。今は、自分にもアンドレアスにも確信が持てないようだ。捨てられたことでどんなに彼女が傷ついたか、アンドレアスは初めてわかった。信じてもらえないからといって、責めることはできない。

　彼は作戦の致命的な欠陥に気づいた。自分よりも家の魅力を利用しようとしたのだ。問題がわかると、解決策も見つかり、道に迷ったような感覚は消えた。自分がしなければならないのは、完璧《かんぺき》な夫ですばらしい父親になれると示すことだ。

「アンドレアス……」彼を怒らせたのではないかとホープは不安にかられていた。

　アンドレアスの目から陰鬱《いんうつ》な光が消え、口元に魅力的な笑みが浮かんだ。「今日の午後、この家を買う。きみはいつ引っ越せる？」

　あまりの決断の早さに驚き、ホープは目をしばたたいた。「あなたの都合のいいときに」

「五分以上ぼくの目の届かないところに行かないでくれ、かわいい人《ペティ・ムー》」アンドレアスはホープを引き寄せて片方の腕をまわし、もう一方の手で不動産屋に電話をかけた。

「そんなものは見るんじゃない」六週間後、アンドレアスは不愉快な新聞をホープの手の届かないところに投げた。

「どうして？」ホープはアンドレアスがふたたび真っ白な枕《まくら》にもたれるのを見ていた。シーツがウエストまで下がり、筋肉質の引きしまった胸があらわになる。息をのむほどハンサムだ。

「ゴシップ欄にぼくたちのことが載っている。くず同然の記事を見て自分を貶《おとし》める必要はない」

ホープは気にもせず、手を伸ばした。「ねえ、渡して」

アンドレアスがにやりとする。「だめだ……」

「ボス面はやめて！」ホープは体を起こし、彼の向こうにある新聞をとろうとした。

アンドレアスは笑いながら彼女の腕をつかみ、そっと枕に戻した。「いい子にするんだ！」

「わたしの読むものをいちいちチェックしないで」

「きみを動揺させるような危険が少しでもあれば、その危険から守るのがぼくの義務だ。ギリシア人の男は、大事な女性を必ず守ってみせる」アンドレアスは上機嫌だ。

「だったら村まで歩いていって新聞を買うわ」

アンドレアスは眉をひそめ、問題の新聞を手渡した。「これじゃ脅迫だな」

「そうね」ホープはこともなげに言った。体を起こしてアンドレアスに寄りかかり、新聞を広げる。壊れやすいガラス細工のように扱われるのが心地よいときもあるけれど、自分がお荷物のような気分になることもある。アンドレアスは精力がありあまっているのに、自分は昼間、寝ているのだ。それに、親愛の情を示すのに抱きしめることしかできないなんて。かかりつけの医師に疲労がよくないと言われると、アンドレアスはセックスなんて問題外だと決めつけてしまった。

新聞をめくっていくと、大きなおなかを強調したようなひどい写真があった。体にぴったりした黒いドレスを無理やり着た大女が通りを歩いている写真だ。二日前、アンドレアスの祖父コスタス・ニコライディスに夕食に招かれ、有名なレストランから出てきたところを撮られたらしい。ホープはぶっきらぼうな老人にすっかり魅せられた。コスタスは、二人の結婚は好ましく、アンドレアスがやっと身を落ち着けてくれたうえにホープが彼の子を身ごもっていることを心から喜んでいると言った。

「まあ、ひどい……」ホープは驚きの声をあげ、写真の横の記事を読みはじめた。

〝正式に結婚しないとは、うちの孫のどこがいかんのだ?〟コスタス老人がホープに尋ねた言葉がそのまま新聞に載っている。誰かが盗み聞きして、新聞記者に教えたのだろう。〈バッグレディ、ニコライディス家の後継者に肘鉄〉という忌まわしい見出しの下に、アンドレアスがこれまでデートした女性の名前がずらずらと書かれていた。まともな女性なら奔放な女たらしをつなぎとめたいとは思わないということなのだろう。

「祖父が喜ぶ。新聞に名前が載るのが好きなんだ」アンドレアスが陽気に言う。

「でも、わたしはとんでもなく大きく見えるわ」ホープは嘆いた。

アンドレアスは彼女のおなかに両手を目いっぱい広げた。「すてきだよ。本当におなかに子供がいるんだ。桃のように熟れているね、かわいい人《ペティ・ムー》」

「まん丸で、つぶれそうかしら?」ホープは慰められたくなかった。「結婚を断られたことをみんなに知られて、怒らないの?」

「まさか」アンドレアスはホープの言葉を笑い飛ばした。

ホープは眉根を寄せた。祖父の言ったことから私生活を世間に知られて、さぞかしアンドレアスは腹を立てるだろうと思っていたのだ。「気にならないの?」

「全然」アンドレアスはきっぱりと言った。「今度の週末にほかの親族と会ったら、どうしてかわかるよ。ぼくはきみの指に結婚指輪をはめようとしたすばらしい男で、きみは――」

「あなたのことを認めないひどい女よ!」ホープは口をはさんだ。

「ばかばかしい。おばたちはぼくを褒めちぎるさ。この週末、きみはぼくがいかにすばらしい男かという話をえんえんと聞かされるはずだ。清い生活をして、老婦人や動物に優しく、子供たちに対してもすばらしいとね。誰もぼくの死んだ父のことや、父が三回離婚したことなど、しゃべらない。父は家族の恥だから」

ホープは思わず噴きだした。この六週間ほど、幸せで忙しかった日々はなかった。先月、二人はナイトミアに引っ越してきた。アンドレアスがインテリアデザインの会社に依頼して、このすばらしい古い家をできるだけ短期間で住めるようにしたのだ。必要な使用人がすべて雇われ、ホープはバッグのデザイン以外ほとんど何もしていない。

しだいに動きづらくなってきた身には、ありがたかった。ときどき、たまらなく心配になることがある。結婚を申しこまれてノーと言ったのは正しかったのだろうかと。あれ以来、二度とアンドレアスは結婚の話を持ちださない。今の状態に満足しているのだろう。どうして熟れた桃のような体形の女をこれほど陽気に受け入れることができるのか、不思議でしかたがない。アンドレアスがこんなにも完璧なのは罪悪感のせいだろうか?

完璧という言葉は決して大げさではなかった。アンドレアスは仕事の時間をかなり短縮し、海外への出張を減らし、診察には必ず付き添っている。妊娠に関する本を読み、その結果、ホープが少しでもどこか痛いと言うと、ひどくうろたえた。ある晩、脚がつったときは、救急病院へ連れていこうとしたが、ホープが断ると、ひと晩中起きていた。ヴァネッサに対しても愛想がよく、数週間の予定でヨーロッパ旅行に出かけたベンから定期的にかかってくる電話も黙認している。

そのうえアンドレアスは優しく、情熱的で、協力を惜しまず、いつも楽しませてくれる。セクシーなのは言うまでもない。しかし、愛情についてはひと言も口にしていなかった。アンドレアスに愛情を感じさせるものがホープにないということは、認めざるをえない。彼女に欠けているものを持った女性がほかにいないかぎり、それもよしとしなければ。彼を愛し、彼と一緒に暮らし、まもなく彼の子供を産むのだから。それ以上を望むのは貪欲《どんよく》というものだろう。

「ギリシアに出発する前にオフィスで片づけなければいけないことがある。六時に空港で会おう」アンドレアスはホープの頭の上からささやいた。　一緒にオフィスへ連れていけたらいいのにと思ったが、冷静さを欠いた厄介な考えだ。

アンドレアスは妊娠しているホープのことがつねに気がかりだった。あのぞっとする本を読んだのが間違いだった。読んだあとは二晩ほど眠れなかったが、最悪なのはそんな胸の内を黙っていなければならないことだ。本も捨てた。その種の恐ろしい話をホープに読ませるわけにはいかない。

「ホープ……」

アンドレアスは彼女の顔をのぞきこんだ。ぐっすり眠っている。呼吸が正常だろうかと耳を澄ます。彼は慎重にホープを枕の上に移した。あとで様子を見るよう、家政婦に言っておこう。

ホープは、いつのまにか眠ってしまったせいでアンドレアスを見送ることができなかった自分に腹が立ってならなかった。ギリシアへの荷造りはきのう終えている。ライラック色のチュニックとクロップドパンツに着替えて、一時間ほどたったころ、アンドレアスが電話をかけてきた。

「必ず昼食をとるんだよ」

「心配しないで……」ホープはデザインの仕事場として使っている部屋の窓辺に歩いていった。中庭に車が止まるのが見えた。ポルシェだ。運転席から降りてきたのは、見慣れたくしゃくしゃのブロンド頭の男性だった。「まあ、ベンだわ……ごめんなさい、行かなくちゃ！」ホープはあわててアンドレアスに謝った。

ロンドンのオフィスで、アンドレアスは手にしていた受話器をじっと見つめた。ホープはキャンベルを見て歓声をあげ、電話を切ってしまった。数週間、ヨーロッパへ行っていたキャンベルが戻ってきたのだ。ホープは彼がただ旅行を楽しんでいると思っていたようだが、アンドレアスは、ホープを失った寂しさと折り合いをつけるための傷心旅行だと思っていた。キャンベルが帰国して、まずしたことは？　ホープに会いに行った。彼女が家にひとりでいそうな時間に。

アンドレアスは大きく息を吸ったが、怒りは消えず、椅子から立ちあがった。どうする？　家に帰るんだ。ヘリコプターのパイロットに電話をかけ、急いで帰らなければいけなくなったと告げた。奇妙に思われるだろうか？　アンドレアスは片手で髪をかきあげた。ホープは信頼されていないと思うかもしれない。彼女のことは信頼している、心から。だが、ベン・キャンベルをどうして信頼できる？

キャンベルはホープに言い寄るかもしれない。彼女のような女性を失えば、簡単に乗り越えることなどできない。アンドレアスは苦しい体験からわかっていた。ホープを捨てたあと、アルコール浸《づ》けの悲惨な日々を送った。あんなことは二度と繰り返したくない。キャンベルがホープをとり戻そうとしたら、闘うまでだ。

アンドレアスはオフィスのビルの屋上でヘリコプターに乗った。自制心を失っていた。そのことにうろたえた。でも決してかんしゃくを起こしたり、キャンベルに暴力をふるったりはしないと自分に言い聞かせる。ホープがいやがることはしない。ホープがキャンベルに会うことでどう感じたか、彼女に話そう。怒り。嫉妬《しっと》。不安。そうだ、不安。まるで試験の最中のようだ。ホープが結婚しようとしないのだから。

自分にとって彼女がいかに大事か、説明するべきなのかもしれない。これまでは慎重に心に秘めてきたが、あまりにも長いあいだ黙っていたので、言う機会を逸してしまった。自分が心穏やかでいるために、ホープはなくてはならない大事な人だ。二度目のチャンスを与えられて、本当に幸運だと思っている。これは愛だろうか？　愛が何かを知るにはどうしたらいいんだ？　ホープに会うまでは恋をしたこともなかった。キャンベルなら、愛していると彼女に言うだろう。

ヘリコプターが着陸するのを見て、ホープは緊張した。どうしてアンドレアスが戻ってきたの？　ベンが訪ねてくるのがいやなのかしら？　そうでないことを願いたい。

「アンドレアス……」顔をこわばらせて応接間に入ってきたアンドレアスにホープはつぶやいた。「何か忘れ物？」

「ああ……そうだ」アンドレアスの目は怒りで燃えていたが、ホープにだけはにこやかにほほ笑《ネ》んだ。

「お客さまを紹介するわ」ホープが言った。

キャンベルひとりじゃないのか？　アンドレアスはとまどいながら首《こうべ》をめぐらし、ベンが黒髪の小柄な美人に腕をまわしているのを見た。二人が親しい仲なのはひと目でわかる。

「ベンは知っているわね……こちらはシャンタル」

アンドレアスはベンに片手をさしだし、黒髪の女性には両頬にフランス式のキスをした。

「午後、母と会うことになっているから、残念ながらゆっくりしていられないんだ」ベンが言った。

二人が車で去っていくのを見送ったアンドレアスは、ホープの手をしっかり握りしめた。

「キャンベルがきみに言い寄るために戻ってきたのかと思って、本気で心配したよ」

ホープは驚いて彼を見た。「アンドレアスったら……今のわたしは、この家の半分くらい大きな体をしているのよ」にこやかに言う。「言い寄る男性がいるとは、とても思えないわ」

「ぼくは、きみと彼の友情をなかなか受け入れることができなかった。妊娠していなかったら、きみは今でも彼とつきあっていただろう」

「やめて！」ホープは叫んだ。「わたしは自分の意思であなたと一緒にいるんだし、赤ん坊はまったく関係ないわ」

「でも、キャンベルとの仲はうまくいっていたじゃないか」

「彼は好きよ。でも彼はあなたと違うし、あなたの代わりになることはなかったわ」

その言葉に勇気づけられ、アンドレアスは思いきって言った。「ぼくはひどく嫉妬していた」

ホープは驚愕《きょうがく》した。「どうして？　そんな必要はないのに。ベンとデートをするようになりはじめたばかりのときに、妊娠しているのがわかったのよ。彼とベッドをともにしたわけじゃないわ！」

沈黙が垂れこめた。

「きみは……彼と関係を持たなかったのか？」アンドレアスは激しく詰め寄った。「それがぼくにとってどんなに意味のあることか、わかるか？」

「きかれれば、本当のことを言ったわ。でも、あなたがきかなかったのよ」

アンドレアスは指を曲げ、広い肩をすくめた。口を引き結び、そしてうなずく。すべて強い感情を表すためのしぐさだった。「きみにとってぼくが唯一の男だということがどんなに意味があるか」

「一度も言ったことがなかったわね」

「きみの存在を当然のように思っていたから。きみはいつもいた。申し分のない人生だった。それが突然消えてしまった！」アンドレアスは不幸な記憶をぬぐい去ろうとするように彼女を引き寄せた。

「エリッサのせいね」ため息がもれる。

「妹の嘘がぼくを引き裂いた。あれほど惨めだったことはない。きみがいなくなって初めて、どんなに大事かわかった」アンドレアスはさらに強く彼女を抱きしめた。「きみのいない人生がいやで、それを認めることができなかった」

「本当？」ホープは顔を上げた。

「本当だとも」

「でも一緒にいた女性たちはどうなの？」

アンドレアスは顔をしかめた。「ショーウインドーの飾りにすぎない」

ホープは鋭く息を吸った。「飾りの服を脱がせたの？」

その言葉にアンドレアスはたじろいだ。「できなかった」

目がまん丸になる。「できなかった？」

「できなかった」いちばん大事なことを言う前に、彼は大きく息を吸った。「きみにしか欲望を感じないんだ。あの別荘でぼくがどんなに燃えていたか、気づかなかったのかい？」

「ほかに女性はいなかったのね」ハート形の顔に晴れ晴れとした笑みが浮かんだ。

「これからもずっと……」アンドレアスは一瞬ためらった。「愛している、かわいい人《ペティ・ムー》」

ホープは信じられない思いだった。

「本当だよ……愛している！　この奇妙な感じこそ愛に違いない！」

「あなたがわたしを愛している……」あまりの幸せに、ホープの心は浮き立った。「わたしも愛しているわ」

「それなら、どうして結婚してくれないんだ？」アンドレアスは激しい口調で迫った。

「このままだと気が変になりそうだ！」

「まあ、あなたの正気を救うことができるかもね」からかうようにささやく。「もしもわたしを愛しているのなら――」

「おかしくなりそうなほど愛しているよ！」アンドレアスは両手で彼女の頬を包んだ。

「準備ができしだい、あなたと結婚するわ」ホープは幸せだった。「これを待っていたのよ。愛してくれないなら、結婚したくなかったの」

アンドレアスはぐずぐずしていなかった。その週末、ホープの顔を見ようとアテネに集まった親戚《しんせき》一同は、そのまま滞在を延ばし、派手な結婚式に出席した。ギリシア語が理解できるところを見せてみんなを驚かせたホープは、肩を出したピンク色のドレスに幸運の馬蹄《ばてい》形のバッグを持って注目の的になった。ヴァネッサは花嫁の付き添いをつとめ、ベンはシャンタルとともに出席した。大勢のパパラッチが詰めかけたが、厳重な警備のもと、結婚式の写真を撮ることはいっさい禁じられた。

幸せいっぱいの二人は、ハネムーンを過ごすため、ナイトミアに戻った。身重の花嫁を疲れさせるわけにいかなかったのだ。ホープがそのことを嘆くと、アンドレアスは、二人の人生は始まったばかりさと笑って言った。

それから五週間後、カリサ・ニコライディスが生まれた。深夜、アンドレアスはホープを病院まで運んでいったが、予定どおりのタイミングで、陣痛は比較的短く、明け方には元気な産声をあげた。黒い巻き毛のカリサはとてもかわいい赤ん坊で、一カ月後に洗礼名を授けられた。

エリッサから贈り物が届いたが、アンドレアスは妻に何も言わずに送り返した。それをあとで知ったホープは、そろそろ対立を終わらせる時期ではないかとアンドレアスに言ってみた。エリッサは充分つらい思いをしているようだ。夫のフィンレイは離婚を申し立て、二人の息子の監護権を求めて争っている。せめて妹と話くらいしたらどうかと、ホープは提案した。エリッサはほかの親族からも冷たい扱いを受けているらしい。

ホープがレオニー・ヴァーガスのためにデザインしたバッグのコレクションは飛ぶように売れ、ホープの名前を一躍有名にした。新聞でも〝バッグレディ〟ではなく、〝俗世を離れたアクセサリー・デザイナー、ホープ・ニコライディス〟と書かれている。バッグは大した高値で売れた。アンドレアスは感心したものの、ホープのデザインの魅力は理解できなかった。

娘の誕生から数カ月後、アンドレアスは特別な食事のためにホープをパリへ連れていった。一流ホテルのスイートルームに戻ると、ダイヤモンドのイヤリングを彼女に贈った。

「ぼくたちが出会って三度目の記念日だ、いとしい人《アガペ・ムー》」

情熱的な時間を過ごしたあと、二人は夜更けまで話をした。

ホープはアンドレアスに寄り添い、至福の吐息をもらした。「なんて幸せなのかしら……」

「きみが幸せでいられるよう、ぼくは一生を捧《ささ》げるよ」アンドレアスは約束し、ほほ笑む妻の顔を愛情にあふれた目で見つめた。

●本書は、2006年2月に小社より刊行された作品を文庫化したものです。

愛の記念日

2019年6月1日発行　第1刷

著　者　リン・グレアム

訳　者　柿原日出子（かきはら　ひでこ）

発行人　フランク・フォーリー

発行所　株式会社ハーパーコリンズ・ジャパン
東京都千代田区外神田3-16-8
03-5295-8091（営業）
0570-008091（読者サービス係）

印刷・製本　株式会社廣済堂

Printed in Japan © K.K. HarperCollins Japan 2019 ISBN978-4-596-93952-4

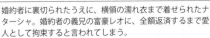

ハーレクイン文庫

「楽園で、永遠に」

エマ・ダーシー／飯田冊子　訳

恋に破れ、傷心したロビンは、南国の地で運命の人に出会う。ところがその彼に、不治の病の弟と、束の間でいいから結婚をしてやってほしいと頼まれてしまう。

「胸に秘めた愛」

ステファニー・ハワード／永幡みちこ　訳

16歳のときから憧れていた義兄ジェイクに、シオーナはある誤解から嫌われてしまう。その義兄が、ある日、ほかの女性と結婚すると言ってきて、彼女は傷つく。

「愛だけが見えなくて」

ルーシー・モンロー／溝口彰子　訳

ギリシア人大富豪ディミトリに愛を捧げたのに。アレクサンドラが妊娠を告げると、別れを切り出されたばかりか、ほかの男と寝ていただろうと責められて…。

「華麗なる誘惑」

サラ・モーガン／古川倫子　訳

両親が諍いばかりだったせいで、リビーは男女の愛に恐怖を感じていた。ギリシア富豪アンドリアスと出逢うまでは。彼にアプローチされると拒否できず…。

「暗闇のエンジェル」

スーザン・ネーピア／仲本ヒロコ　訳

初めて会ったはずの婚約者の兄と、なぜだろう初めて会った気がしない――かつて脳の手術をしたヘレンは、結婚の直前、自分には失った記憶があったと気づく。

「思い出の海辺」

ベティ・ニールズ／南　あさこ　訳

兄の結婚を機にオランダへ移り住んだ看護師クリスティーナ。希望に満ちた新天地で、ハンサムな院長ドゥアートに「美人じゃない」と冷たくされて傷ついて…。